Le souffle du vampire

Biographie

R. L. Stine est né en 1943 à Colombus aux États-Unis. À ses débuts, il écrit des livres interactifs et des livres d'humour. Puis il devient l'auteur préféré des adolescents avec ses livres à suspense. Il reçoit plus de 400 lettres par semaine ! Il faut dire que, pour les distraire, il n'hésite pas à écrire des histoires plus fantastiques les unes que les autres. R. L. Stine habite New York avec son épouse Jane et leur fils Matt.

R. L. Stine

Chair de poule®

Le souffle du vampire

Traduit de l'américain
par Nathalie Vlatal

Sixième édition

bayard jeunesse

Titre original
GOOSEBUMPS N° 49
Vampire Breath

Loi n° 49 956 du 16 juillet 1949
sur les publications destinées à la jeunesse
Dépôt légal juin 2013

ISBN : 978-2-7470-4689-3

Avertissement

Que tu aimes déjà les livres ou que tu les découvres, si tu as envie d'avoir peur, **Chair de poule** est pour toi.

Attention, lecteur !

Tu vas pénétrer dans un monde étrange où le mystère et l'angoisse te donnent rendez-vous pour te faire frissonner de peur... et de plaisir !

1

– Quand un loup-garou se faufile derrière toi à la tombée de la nuit, tu ne l'entends pas arriver. Tu ne t'aperçois de sa présence que lorsque tu sens son haleine brûlante et fétide sur ta nuque… Je me penchai sur Thomas Brown et soufflai doucement dans son cou. Le gamin tressaillit. J'aime bien garder les enfants, et surtout Thomas. On peut l'effrayer si facilement !

– Le souffle du loup-garou te paralyse, chuchotai-je. Impossible de fuir. Ton corps est figé, tu ne peux plus te débattre. Alors le monstre se prépare à te dévorer…

Je soufflai de nouveau dans la nuque de Thomas. Il s'écarta de moi, épouvanté.

– Arrête, Freddy ! Il est terrorisé ! protesta mon amie Clara Simonetti.

Elle était confortablement installée dans un fauteuil du salon. Moi, j'étais assis sur le canapé, à côté de mon souffre-douleur. Je le serrais de près pour mieux lui murmurer des choses horribles à l'oreille.

– Il n'a que six ans, me rappela Clara. Regarde, il tremble comme une feuille.

– Mais non ! Il adore ça !

Je m'approchai un peu plus :

– Quand tu es seul dans la nuit et que tu sens le souffle chaud du loup-garou… surtout ne te retourne pas. Ne lui fais pas savoir que tu l'as repéré, sinon… il attaque !

À ce mot, je me ruai sur Thomas pour le chatouiller.

Le gamin se mit à crier, pleurer et rire en même temps. Je le chatouillai jusqu'à ce qu'il ne puisse plus respirer, puis le relâchai.

Je suis un excellent baby-sitter. Je sais toujours à quel moment il faut arrêter les taquineries.

Clara bondit de son fauteuil, m'empoigna par les épaules et m'éloigna de Thomas d'un geste brusque.

– Il n'a que six ans ! répéta-t-elle alors avec insistance.

Je m'élançai sur mon amie, la faisant tomber par terre. Je criai :

– Ouuuh ! Le loup-garou attaque !

J'entrepris de la chatouiller à son tour. Grave erreur… Elle m'envoya un grand coup de poing dans l'estomac. C'était une sensation atroce ! J'avais l'impression que je ne pourrais plus jamais respirer normalement.

Clara adore me faire voir trente-six chandelles, c'est même son activité préférée. Elle a un redoutable direct droit.

Cette fille est une vraie dure. C'est pour ça qu'elle est ma meilleure amie. Nous avons du caractère tous les deux. Rien ne nous fait peur. D'ailleurs, tout le monde vous dira : Freddy Martinez et Clara Simonetti ? Mieux vaut ne pas s'y frotter ! Beaucoup de gens pensent que nous sommes frère et sœur. Peut-être parce qu'on se ressemble un peu. Nous sommes plutôt grands pour nos douze ans. Nous avons les mêmes cheveux noirs et bouclés, et des yeux sombres.

Nous sommes amis depuis que je lui ai fichu une sacrée raclée, au cours élémentaire. Elle prétend toujours que c'est elle qui m'a battu, mais je ne lui en veux pas.

Le petit Thomas habite en face de chez moi. Chaque fois que je le garde, Clara et moi y allons ensemble. Thomas l'aime bien ; elle sait le rassurer quand je lui raconte des histoires horribles.

– C'est la pleine lune ce soir, continuai-je en me

rapprochant de Thomas. Est-ce que tu as regardé par la fenêtre ? Tu as vu comme la lune est ronde ? Thomas secoua la tête. Il passa la main dans ses boucles blondes, une lueur craintive dans le regard. Il attendait et redoutait à la fois la suite de l'histoire.

Je me penchai vers lui et baissai le ton :

– Quand le loup-garou sort les nuits de pleine lune, son visage se couvre de poils noirs. Ses dents poussent, et de longs crocs menaçants jaillissent de ses babines. Un épais pelage recouvre son corps… et ses ongles deviennent des griffes.

Je raclai le torse de Thomas avec mes ongles. Le gamin réprima un frisson.

– Freddy, tu le terrorises ! Il ne va pas dormir de la nuit ! m'avertit Clara.

Ignorant sa remarque, je poursuivis :

– Le loup-garou rôde dans la forêt… Il cherche sa proie. Il rôde, il est affamé… Il cherche…

C'est alors que des pas résonnèrent dans l'entrée. Des pas lourds. Je crus un instant les avoir imaginés, mais Thomas les avait entendus lui aussi.

– C'est lui, chuchotai-je d'une voix inquiète. Il arrive…

Thomas s'immobilisa.

Les pas se rapprochaient. Clara tourna la tête vers la porte. Thomas déglutit avec peine. À présent, tout le monde les avait entendus… Ces pas lourds et pesants.

– Le loup-garou ! m'écriai-je.

Clara et Thomas poussèrent un hurlement strident.

2

– Du calme ! lança le loup-garou. Ce n'est que moi !

Bien entendu, ce n'était pas un vrai loup-garou. C'était le père de Thomas. Lui et son fils se ressemblent beaucoup, mêmes cheveux blonds et mêmes yeux bleus.

– Qu'est-ce qui vous fait hurler ainsi ? demanda-t-il en ôtant son manteau.

– On s'amusait à faire peur à Thomas, répondis-je, ravi.

– Encore ? fit-il en fronçant les sourcils.

– Oui. Comme à chaque fois.

Je tapotai doucement l'épaule du gamin.

– Mais il adore ça. N'est-ce pas, Thomas ?

– Oui…, fit-il d'une petite voix.

La mère de Thomas pénétra à son tour dans le salon.

– Tu lui as encore raconté des histoires de loup-garou, Freddy ? demanda-t-elle. La dernière fois, il a fait des cauchemars toute la nuit.

– Ce n'est pas vrai ! protesta le gamin.

Mme Brown secoua la tête et soupira. Son mari nous tendit à chacun un billet de cinq dollars.

– C'est gentil de l'avoir gardé, dit-il. Vous voulez que je vous reconduise ?

– Non, merci ! répondis-je. On a juste la rue à traverser.

Non mais ! Il nous prenait pour des mauviettes ou quoi ?

Clara et moi prîmes congé des Brown. Je n'avais pas très envie de rentrer à la maison, c'est pourquoi je décidai de raccompagner Clara. Elle habite à quelques rues de chez moi.

Le disque laiteux de la pleine lune diffusait une lumière blafarde sur les trottoirs déserts. L'astre semblait nous suivre, flottant au ras des maisons. Leurs façades étaient plongées dans la pénombre.

Une fois de plus, j'imitai le hurlement du loup-garou. Cela nous amusait toujours de commenter les réactions que Thomas avait eues.

Ce que nous ne savions pas alors, c'est qu'à notre tour nous amuserions quelqu'un peu de temps après !

Le lendemain, samedi, Clara vint me rejoindre chez moi en début d'après-midi. Nous nous précipitâmes aussitôt dans ma cave pour disputer une partie de hockey.

Mes parents ont totalement vidé la cave de notre maison et l'ont transformée en salle de jeux. Nous avons une table de ping-pong et un jukebox dans lequel ils ont mis leurs vieux disques des années soixante.

À Noël dernier, j'ai eu un mini-jeu de hockey. C'est un peu comme une table de billard, mais avec un but à chaque extrémité. Le jeu consiste à faire glisser un palet dans le but adverse.

Clara et moi adorons ce jeu. Nous faisons des parties inoubliables et passons des heures à frapper de toutes nos forces le palet qui rebondit sur les bords à une vitesse incroyable. Et, comme dans les vraies compétitions de hockey sur glace, nos matchs se terminent souvent par de sacrées empoignades !

Penchés sur la table, chacun de notre côté, nous commençâmes à nous envoyer le palet. Doucement, juste pour nous échauffer.

– Où sont tes parents ? me demanda Clara.

– Je n'en sais rien, dis-je en haussant les épaules.

– Comment ça ? s'étonna-t-elle en fronçant les sourcils. Ils ne t'ont pas laissé de mot ?

– Ils sont grands, répliquai-je en plaisantant. Je ne suis pas toujours derrière eux. Ils sortent de temps en temps, tu sais !

– Sans doute pour souffler un peu ! railla-t-elle. En guise de réponse, je décidai de mettre en pratique ce que j'avais appris à mon cours de karaté. Je contournai la table et exécutai quelques mouvements devant Clara. Alors qu'elle tentait une parade, mon pied heurta son poignet.

– Aïe ! s'écria-t-elle, surprise.

Profitant de ce qu'elle massait sa main, je l'agrippai par le col et la projetai contre le mur. C'était pour rire, évidemment. Mais, hélas, je n'ai pas toujours conscience de ma force !

Clara perdit l'équilibre et heurta le vieux vaisselier. Toutes les assiettes s'entrechoquèrent, mais heureusement aucune d'entre elles ne tomba.

Je m'esclaffai, soulagé que mon amie ne se soit pas blessée, puis m'avançai pour l'aider à se relever. Mais elle s'élança vers moi en poussant un rugissement terrible.

Je reçus son poing en plein dans l'estomac. Une fois de plus, j'eus le souffle coupé et des étoiles dansèrent devant mes yeux. Profitant de mon état de faiblesse passager, Clara se précipita vers la table et empoigna le palet de hockey. Elle fit semblant de vouloir le lancer dans ma direction. Tant bien que mal, je réussis à le lui arracher des mains.

Elle se mit à rire, mais la bagarre n'en était pas moins rude.

Nous nous battons tout le temps, surtout quand mes parents sont absents.

J'étais hilare, moi aussi. Je riais si fort que j'en oubliai de me défendre. C'est alors que Clara prit son élan et fonça sur moi, tête baissée. Cette fois, c'est moi qui perdis l'équilibre.

Je percutai le vaisselier… et le meuble se renversa sur le sol dans un grand fracas de vaisselle brisée.

Je tombai moi aussi et atterris sur le dos. Je restai un instant immobile, comme une tortue sur sa carapace. Mon dos me faisait atrocement souffrir.

– Oh, oh…, fit Clara.

Elle tendit sa main pour m'aider à me relever.

– Désolée, murmura-t-elle. Je ne l'ai pas fait exprès.

– Je sais. Mais là, je vais avoir de gros ennuis.

Nous contemplâmes le désastre.

Soudain, je poussai un cri en découvrant, stupéfait, ce que le vieux vaisselier avait dissimulé jusqu'à présent.

3

– Un passage secret ! hurlai-je, oubliant instantanément ma douleur dans le dos.

Le vieux meuble avait en effet été placé devant une porte en bois noir. C'était la première fois que je la remarquais. Je me demandai même si mes parents savaient qu'elle existait.

D'un revers de manche j'enlevai la poussière accumulée sur la poignée.

– Tu sais ce que c'est, Freddy ?

Je haussai les épaules :

– Ça doit être un placard ou un réduit quelconque. Mes parents n'ont jamais parlé d'une autre pièce donnant sur la cave.

Je frappai à coups de poing sur le battant :

– Ohé ! Il y a quelqu'un ?

Clara gloussa :

– Tu serais bien embêté si on te répondait !
Je ris à mon tour.
– Pourquoi avoir caché cette porte derrière un vaisselier ? reprit Clara plus sérieusement. Ça n'a aucun sens.
– Il y a peut-être un trésor de pirates ? Une cache remplie de pièces d'or ?
Clara leva les yeux au ciel :
– Des pirates ? Au beau milieu de l'Ohio ? Trouve autre chose…
Elle saisit la poignée et chercha à ouvrir le battant. D'autres que nous auraient sûrement hésité. Mais pas Clara et moi, le danger ne nous fait pas peur.
Elle tira de toutes ses forces, mais en vain.
– C'est fermé à clef ? demandai-je.
– Non… C'est le vaisselier qui bloque.
Je tentai de le pousser, aidé par Clara. Ce n'était pas facile : le meuble était horriblement lourd. Enfin, nos efforts furent récompensés et nous finîmes par le bouger de quelques centimètres.
– Ouf ! souffla Clara en essuyant ses mains sur son jean.
– Allons-y maintenant ! dis-je en frissonnant au contact du métal froid de la poignée.
Je la tournai. La porte s'ouvrit lentement. Le battant était en bois massif et les gonds rouillés

émirent un grincement sinistre qui résonna dans la salle de jeux.

Clara se rapprocha de moi et nous passâmes nos têtes dans l'entrebâillement…

4

Je m'attendais à trouver une pièce derrière la porte, un débarras ou une chaufferie. Certaines vieilles demeures, comme celle de ma tante Henriette, ont aussi des réserves à charbon.

Mais nous ne découvrîmes rien de tel. Malgré l'obscurité, je réalisai qu'il s'agissait d'un tunnel. Un long tunnel sombre… J'effleurai la paroi. Elle était en pierre, humide et froide.

– Il faudrait des lampes de poche, murmura Clara.

Je caressai de nouveau le mur glacé et me tournai vers elle :

– Tu veux qu'on entre ?

Quelle question stupide ! Il était évident que nous allions entrer. Quand vous découvrez un tunnel secret dans une cave, que faites-vous ?

Vous restez sur le seuil à attendre bêtement ? Non, vous explorez !

Clara me suivit jusqu'à l'établi de mon père. Je me mis à fouiller frénétiquement à la recherche d'une lampe.

– Où peut bien conduire ce tunnel ? demanda Clara. Il débouche peut-être dans la maison voisine ? Elles sont peut-être reliées ?

– Il n'y a pas de maison de ce côté, lui rappelai-je. C'est un terrain vague.

– Il doit bien aboutir quelque part ! On ne construit pas un tunnel qui ne mène nulle part.

– Voilà un raisonnement puissant, ironisai-je. Elle me poussa violemment et je lui rendis la pareille.

Je finis par repérer une lampe au fond d'un tiroir rempli de vieux boulons. Clara la saisit, mais je la lui arrachai des mains.

– C'est moi qui l'ai trouvée, protestai-je.

Quelques secondes plus tard, elle en aperçut une autre sur l'étagère au-dessus de l'établi.

Enfin équipés, nous nous précipitâmes jusqu'à la porte que nous avions découverte. Je m'arrêtai à l'entrée du souterrain et en éclairai l'intérieur. Les parois étaient tapissées de mousse, et sur le sol en dalles des flaques scintillaient à la lumière de nos torches.

– C'est plutôt humide ici, constatai-je.

J'avançai d'un pas dans le tunnel, suivi de près par mon amie. Je frissonnai, surpris par le brusque écart de température.

– Brrr... C'est même une vraie glacière, renchérit Clara.

Je levai ma lampe :

– On ne voit pas le bout. Si ça se trouve, le tunnel se poursuit sur des kilomètres.

– On finira bien par le savoir, répondit Clara.

– Ohé ? Il y a quelqu'un ? hurlai-je.

L'appel se répercuta en un écho fantomatique. Clara me poussa rageusement contre le mur suintant.

– Arrête ! protesta-t-elle. Allons-y maintenant. Je dirigeai le faisceau de ma lampe vers le sol tandis que Clara éclairait droit devant elle.

Nous avancions avec prudence, évitant les nombreuses flaques d'eau croupie. La température baissait à mesure que nous progressions. Par moments, nos semelles raclaient le sol inégal. Les bruits résonnaient étrangement sur les parois de pierre.

Je me retournai au bout d'une minute. L'entrée donnant dans notre cave n'était plus qu'un petit rectangle de lumière.

Bientôt, le tunnel fit un coude et se rétrécit.

J'avais l'impression que les murs se refermaient sur nous ! Je réprimai un frisson d'angoisse.

« Il n'y a aucune raison d'avoir peur, tentai-je de me rassurer. C'est juste un vieux tunnel vide. »

– C'est quand même bizarre ! chuchota Clara. Où peut-il bien mener ?

– Nous devons être sous le terrain vague à présent. Mais pourquoi avoir creusé un tunnel à cet endroit ?

Clara m'agrippa l'épaule :

– Tu veux faire demi-tour ?

– Bien sûr que non ! Et toi ?

– Moi non plus. Je voulais juste savoir si tu voulais abandonner, Freddy.

Nous continuâmes à marcher en longeant la courbe que décrivait le tunnel. Des gouttes d'eau qui tombaient du plafond résonnaient dans le silence. Il nous fallut bientôt enjamber une grande flaque qui occupait la largeur du passage.

Puis il y eut un nouveau coude dans le tunnel et nous débouchâmes sur une porte en bois noir, identique à celle de la cave.

Je m'y précipitai et cognai contre le battant. Une fois, deux fois…

Aucune réponse…

Je m'apprêtai à saisir la poignée quand Clara me retint par le bras.

– Et si tes parents sont rentrés ? Ils vont s'inquiéter s'ils ne te trouvent pas.

Je haussai les épaules :

– Ils descendront à la cave et verront la porte, puis le tunnel. Ils comprendront qu'on est partis l'explorer et nous rejoindront.

– Tu as raison !

– Viens voir ce qu'il y a derrière cette porte-là, dis-je avec empressement.

Je tournai la poignée et poussai. Le battant était lourd et les gonds grincèrent, là aussi. C'était sinistre. Le bruit se répercuta comme une plainte lugubre sur les murs du souterrain.

– C'est une salle vide, chuchota Clara, déçue. Nous entrâmes.

– Non, répondis-je doucement en lui indiquant une longue forme noire qui reposait au centre de la pièce.

Clara la contempla en silence.

– Qu'est-ce que c'est ? demanda-t-elle finalement.

– Un cercueil…

5

Mon pouls s'accéléra.

Je n'avais pas vraiment peur, mais mon corps tout entier se mit à frissonner. J'avais très froid. Clara et moi dirigeâmes nos lampes de poche sur le cercueil. Nos mains tremblaient un peu et la lumière dansait sur le bois poli. Les poignées de cuivre fixées sur les côtés reflétaient la lumière.

– C'est la première fois que je vois un cercueil, murmura Clara.

– Moi aussi, j'en ai vu à la télé, mais...

– Et s'il y avait un cadavre dedans ? demanda Clara d'une toute petite voix.

Mon cœur fit un bond dans ma poitrine. J'avais la chair de poule.

– Tu crois ? Mais qui pourrait bien être enterré ici ?

Je balayai la salle avec le faisceau de ma lampe.

Les quatre murs en plâtre gris étaient nus. Pas de fenêtre. Pas de placard. La seule issue était la porte qui ouvrait sur le souterrain.

Je n'arrivais pas à y croire ! Une pièce secrète au bout d'un tunnel, et un cercueil au milieu.

– Je suis sûr que mes parents ignorent tout cela, dis-je.

Je pris une grande inspiration et m'approchai du cercueil à pas de loup.

– Tu es fou ? cria Clara en se retournant brusquement vers la porte.

– Écoute, nous devons en avoir le cœur net, répondis-je.

J'essayais de ne pas prêter attention aux battements de mon cœur.

– Regardons ce qu'il y a dedans, insistai-je.

– Mais… tu es complètement dingue ! répéta-t-elle. On ne peut pas faire ça.

Je fis volte-face et éclairai sa figure. Son menton tremblait, et ses yeux étaient rivés sur le cercueil.

– Tu as peur, c'est ça ? lui demandai-je.

Je ne pouvais pas m'empêcher de sourire méchamment.

Quand Clara avait peur de quelque chose, il fallait en profiter et le faire remarquer immédiatement. C'était tellement rare !

– Non, répondit-elle, seulement je crois qu'on ferait mieux de prévenir tes parents.

– Pour quoi faire ? On n'a pas besoin d'eux pour ouvrir ce vieux cercueil !

J'éclairais toujours son visage. Son menton trembla de nouveau.

– Ça ne se fait pas d'ouvrir ce genre de boîte, dit-elle, butée, en croisant les bras sur sa poitrine.

– Bon, d'accord ! Si tu ne veux pas m'aider, je le ferai tout seul, dis-je.

Je me retournai et passai la main sur le couvercle. Le bois était doux et froid.

– Non, attends ! Je n'ai pas peur, mais, crois-moi, c'est sûrement de la folie.

– C'est bien ce que je dis, tu as les chocottes ! Et pas qu'un peu, même.

– Pas du tout !

– J'ai vu ton menton trembler, deux fois !

Elle soupira, dégoûtée qu'on puisse la juger si peureuse.

– Tu vas voir si j'ai la frousse ! s'exclama-t-elle brusquement. Tiens-moi la lampe.

Elle saisit le couvercle à deux mains et essaya de le soulever.

– Ouf ! Il est lourd, grogna-t-elle. Aide-moi, s'il te plaît !

Je sentis un frisson me parcourir l'échine. Mais

je réussis à me ressaisir et posai les deux lampes le long du mur. Puis j'empoignai, moi aussi, le couvercle à deux mains.

Nous poussâmes de toutes nos forces. Rien ne bougea. Pas même d'un tout petit millimètre. Soudain, nous entendîmes un craquement : le couvercle se déplaça. Lentement, très lentement, nous parvînmes à l'ouvrir.

Enfin nous le dégageâmes entièrement. Pris subitement d'épouvante, je fermai les yeux... pour les rouvrir aussitôt : c'était moi qui avais insisté pour regarder. Je vis alors que... tout était noir. On ne voyait absolument rien.

« Je préfère ça », pensai-je avec un soupir de soulagement.

Clara attrapa les lampes. Elle me tendit la mienne et, ensemble, nous dirigeâmes les faisceaux à l'intérieur du cercueil.

6

Le velours pourpre qui tapissait le cercueil luisait dans le faisceau de nos torches.

– Mais… il est vide ! s'exclama Clara.

– Euh… pas vraiment, bégayai-je.

Une tache de couleur se découpait sur le fond. Nous nous approchâmes pour voir ce que c'était.

– C'est dingue ! chuchota Clara.

– Tu l'as dit, c'est dingue !

Nous nous penchâmes un peu plus. Je m'appuyai sur le bord pour ne pas risquer de tomber. Brusquement, j'eus les mains moites et glacées. Clara passa derrière moi, s'empara du mystérieux objet et l'éclaira.

C'était une bouteille ronde, bleu foncé. De taille moyenne, elle tenait parfaitement dans sa main. Le verre était bien lisse et la bouteille soigneusement fermée par un bouchon de verre bleu, lui aussi.

– Elle est vide ! dit-elle à voix basse en la remuant. Une bouteille vide dans un cercueil, c'est quand même bizarre, non ? Mais qui peut bien l'avoir déposée ici ?

– Tiens, regarde, il y a une étiquette !

– Essaie de la lire, suggéra Clara.

Quelque chose était effectivement inscrit dessus, mais l'humidité avait dû effacer le texte, car c'était devenu une sorte de gribouillage presque illisible. Je regardai de plus près et parvins à déchiffrer les mots suivants : SOUFFLE DU VAMPIRE.

– Hein ? Tu es sûr ? insista Clara.

– Oui, regarde !

– Mais qu'est-ce que ça peut bien être ? C'est quoi, le souffle d'un vampire ?

– Drôle de truc ! Je n'ai jamais vu de pub à la télé là-dessus !

Ma blague ne fit pas rire Clara. Elle n'esquissa même pas un vague sourire. Elle tournait la bouteille dans tous les sens, cherchant à trouver des précisions sur le contenu. Mais il n'y avait que ces trois mots sur l'étiquette : SOUFFLE DU VAMPIRE !

Je balayai une nouvelle fois l'intérieur du cercueil avec le faisceau de ma lampe. Quelque chose d'autre y traînait peut-être. Je me hasardai même à passer ma main sur le velours pourpre. Il était doux et soyeux.

En relevant les yeux, je remarquai que mon amie — la lampe de poche sous le bras — était en train d'essayer de dévisser le bouchon.

– Hé, qu'est-ce que tu fais ? m'exclamai-je.

– J'essaie d'ouvrir cette satanée bouteille, mais je n'y arrive pas.

– Ne fais pas ça, arrête !

Je vis passer un éclair dans les yeux sombres de Clara :

– Tu as peur, Freddy ? Avoue !

– Oui… enfin, non !

J'en bégayais.

– Je pense que tu avais raison tout à l'heure, dis-je. On ferait mieux d'attendre les parents. On ne peut pas continuer comme ça à ouvrir des cercueils, à en sortir des bouteilles et…

Ma voix s'étrangla.

Clara continuait à tirer sur le bouchon. Ce n'est pas que j'étais terrorisé, mais je voulais qu'on arrête de faire tout et n'importe quoi… Ça pouvait mal tourner !

– Donne-la-moi, ordonnai-je en essayant de lui arracher l'objet des mains.

– Pas question ! s'exclama-t-elle en se retournant brusquement pour m'empêcher de le lui prendre.

La bouteille tomba par terre. Nous la vîmes avec effroi toucher le sol. Elle rebondit, mais ne se cassa pas.

Le bouchon de verre sauta.

Nous le fixions tous les deux, les yeux grands ouverts. Attendant…

Attendant de voir ce qui allait se passer !

7

Chiiiiiiiiiii !

Un drôle de sifflement se fit entendre. J'essayais de comprendre ce qui se passait. Une colonne de fumée verte sortait du flacon. Elle montait comme un geyser, glaciale et humide, et flottait… près de mon visage.

Je ne pus m'empêcher de gémir quand son odeur désagréable agressa mes narines. Je reculai en titubant. J'étouffais. D'une main, je protégeais ma bouche, de l'autre, je tâchais de disperser cette fumée immonde.

– Beurk ! cria Clara tout en pressant ses doigts sur son nez. Ça pue, quelle horreur !

Le brouillard nauséabond nous enveloppait à présent. En l'espace de quelques secondes, il avait envahi toute la pièce.

– Impossible de respirer, parvins-je à articuler.

Je ne voyais plus rien non plus car la fumée atténuait la lumière.

– Beurk ! répéta Clara. Ça sent vraiment trop mauvais !

Les yeux me brûlaient et je commençais à me sentir mal. Ma gorge était serrée, mon estomac de plus en plus noué.

Il fallait à tout prix reboucher cette bouteille ! Je me mis à genoux si brusquement que ma lampe tomba par terre et s'éteignit. Je tâtais le sol à l'aveuglette en essayant de maîtriser mes haut-le-cœur ! Tant bien que mal, je parvins à reboucher la bouteille. Je me remis aussitôt debout et la montrai à Clara. Je voulais absolument qu'elle voie que j'avais réussi.

Mais elle ne vit rien : ses deux mains étaient collées contre son visage. Ses épaules se soulevaient convulsivement.

J'avalai ma salive avec difficulté, n'arrivant pas à évacuer le goût infect que j'avais dans la bouche. Le brouillard tourbillonna autour de nous encore quelques secondes, puis il descendit au niveau du sol et se dissipa.

– Clara ? Ça va ? articulai-je enfin d'une voix étouffée.

Elle baissa lentement ses bras et cligna des yeux.

– Bof, murmura-t-elle, ça pourrait être pire.

Quelle horreur, ce truc ! Pourquoi as-tu voulu m'arracher la bouteille des mains ? Tout ça est de ta faute !

– Quoi, de ma faute ? balbutiai-je. Tu veux rire !

– Si tu ne l'avais pas prise, je ne l'aurais jamais laissée tomber ! continua-t-elle.

– Oh ! Arrête ! C'est toi qui voulais qu'on l'ouvre ! hurlai-je. C'est toi qui as essayé d'enlever le bouchon.

Sans rien dire, elle brossa son polo et son jean, comme pour se débarrasser de cette horrible odeur.

– Tu sais quoi, Freddy ? Fichons le camp d'ici ! déclara-t-elle soudain.

– Oui, filons.

Pour une fois, nous étions d'accord !

Je la suivis vers la porte. À mi-chemin je me retournai et jetai un coup d'œil sur le cercueil. Ce que je vis me coupa le souffle.

– Clara ! Regarde !

Quelqu'un était allongé dans le cercueil.

8

Clara se mit à hurler. Elle saisit mon bras et le pressa si fort qu'elle me fit crier moi aussi. Nous nous serrâmes l'un contre l'autre, les yeux fixés sur le cercueil. Plus précisément sur la chose pâle qui était allongée dedans.

– Tu n'as pas peur ? me murmura Clara à l'oreille.

– Moi, peur ? Tu es folle !

Elle voulait me provoquer ? Eh bien, j'allais lui montrer que je n'étais pas un froussard ! Je m'emparai de sa lampe et fis un pas en avant, puis un autre.

Clara me suivait de près. La lumière tremblotait devant nous. Mon cœur battait à tout rompre, ma bouche était sèche, et j'avais du mal à tenir la torche fermement. Mais il était hors de question que je fasse demi-tour !

– C'est un vieil homme ! m'écriai-je.

– Comment a-t-il fait pour atterrir ici ? Il n'était pas là il y a une seconde !

De nouveau elle me pressa le bras de toutes ses forces ; moi, j'étais trop excité pour sentir quoi que ce soit.

Qui était ce vieillard ?

– Tu crois qu'il est mort ?

Je ne répondis pas. Je me contentai de m'approcher de l'étrange créature.

C'était bien un vieil homme, complètement chauve. Sa peau, tendue sur le crâne, lui donnait un air terrifiant. Il avait les yeux fermés, et ses lèvres, aussi pâles que le reste de son corps, étaient serrées l'une contre l'autre. Ses mains, fines et blanches, ressemblaient à celles d'un squelette. Elles étaient croisées sur sa poitrine. Il portait un vieux costume démodé. Le faux col de sa chemise amidonnée lui couvrait une partie des joues. Il portait des bottines noires vernies avec des boutons à la place des lacets.

– Tu crois qu'il est mort ? répéta Clara.

– Je pense que oui, hasardai-je.

N'ayant jamais vu de mort auparavant, je ne pouvais en être certain.

– Filons, Freddy ! chuchota-t-elle.

Moi aussi, j'aurais voulu m'en aller. Et le plus vite possible même ! Mais quelque chose me retenait. Je ne parvenais pas à détacher les yeux de cette figure pâle, de ce vieil homme gisant, immobile, dans son cercueil pourpre. J'étais comme hypnotisé.

Tandis que je l'observais, je le vis soudain ouvrir les yeux ! Il cligna plusieurs fois des paupières et s'assit !

9

La bouche grande ouverte, je reculai en titubant. Je serais tombé à la renverse si le mur ne m'avait pas retenu. À cette seconde, la tête du vieillard se tourna dans notre direction. Il porta ses mains décharnées à son visage et se frotta les yeux, comme s'il voulait en chasser le sommeil. Il gémissait doucement. Même si son regard s'était posé sur nous, il ne semblait pas s'être rendu compte de notre présence. Mon cœur était prêt à exploser. Le sang battait à tout rompre dans mes tempes et je haletais comme si je venais de faire une course d'endurance.

Clara balbutiait des « je, je… ». Elle était aussi figée que moi et tremblait de tous ses membres.

– Où suis-je ? demanda le vieil homme d'une voix grinçante.

Il semblait hébété :

– Mais où suis-je ? Qu'est-ce que je fais ici ?

Sa tête chauve et pâle luisait dans la lumière. Il passa sa langue sur ses lèvres blanches.

– J'ai soif, dit-il d'une voix rauque. J'ai horriblement soif.

Il essaya de se relever en râlant.

Il portait une cape en soie, du même pourpre que le velours qui tapissait le cercueil.

Il lécha une nouvelle fois ses lèvres.

– Si soif ! répéta-t-il.

Il se figea soudain, nous ayant enfin aperçus. Il cligna encore des yeux et demanda :

– Qui êtes-vous ? Dans quelle chambre suis-je ? Il ne cessait de grogner et avait l'air de souffrir. Sans attendre de réponse, il passa ses jambes l'une après l'autre par-dessus le bord du cercueil et se laissa glisser sur le sol. Il paraissait léger, comme s'il ne pesait rien.

Un frisson glacé me parcourut la nuque. J'étais terrifié ! Je voulus reculer un peu plus, mais le mur m'en empêcha. Je cherchai désespérément une issue : la porte semblait se trouver à des kilomètres.

Le vieil homme passait sans cesse sa langue sur ses lèvres desséchées. Il fit un pas dans notre direction, lissant sa cape de ses longs doigts cadavériques.

– Qui êtes-vous ? parvint à demander Clara d'une voix étouffée.

– Comment êtes-vous arrivé ici ? ajoutai-je, m'enhardissant à mon tour.

J'avais enfin retrouvé ma voix !

– Que faites-vous là ? Et comment vous êtes-vous retrouvé dans ce cercueil ?

J'avais tant de questions à lui poser !

L'homme s'arrêta et gratta son crâne chauve. Il donnait l'impression d'avoir du mal à retrouver ses esprits.

– Je suis le comte Nightwing, répondit-il enfin. Il hocha la tête comme s'il était content d'avoir retrouvé la mémoire.

– Oui, je suis le comte Nightwing !

Interloqués, Clara et moi nous mîmes à le bombarder de questions.

– Comment êtes-vous arrivé ici ?

– Qu'est-ce que vous nous voulez ?

– Êtes-vous... êtes-vous un vampire ?

– Est-ce que...

L'homme ne nous écoutait plus. Il couvrit ses oreilles de ses mains et ferma les yeux :

– Pas trop de bruit, s'il vous plaît, parlez plus doucement, je dors depuis si longtemps !

– Êtes-vous un... un vampire ? répétai-je à voix basse.

– Bien sûr que j'en suis un ! Le comte Nightwing est un vampire.

Puis, hochant de nouveau la tête, il ouvrit grand les yeux.

– …Vampire, siffla-t-il en levant les bras et en se dirigeant vers nous. Je suis un vampire et j'ai soif, terriblement soif. Je suis resté endormi pendant si longtemps ! Il faut que je boive maintenant, absolument !

10

Le comte souleva sa cape, la déployant comme deux ailes derrière son dos, puis il s'éleva dans les airs.

– J'ai tellement soif ! murmura-t-il une nouvelle fois, tellement soif !

Ses yeux argentés fixaient Clara comme s'il voulait l'hypnotiser pour l'empêcher de s'enfuir. Je l'avoue, de toute ma vie je n'ai jamais eu aussi peur. Nous ne sommes pas peureux, Clara et moi ; nous avons vu des centaines de films d'horreur à la télévision ; ils nous ont plutôt fait rire qu'autre chose. Ces bonshommes qui volent dans les airs en découvrant leurs canines et s'abreuvent de sang humain nous paraissaient ridicules. Seulement, aujourd'hui, nous n'étions pas au cinéma ! Nous étions dans le sous-sol de ma maison !

Il était réellement là, ce type qui prétendait s'appeler le comte Nightwing ; nous l'avions vu se relever de son cercueil. Et maintenant il flottait en travers de la pièce, les bras écartés, en se dirigeant vers nous. Il disait qu'il avait soif, horriblement soif. Et ses yeux froids et effrayants fixaient la gorge de Clara.

– Il faut absolument fuir ! hurlai-je en saisissant mon amie par l'épaule. Dépêchons-nous, filons d'ici !

Elle ne bougea pas d'un pouce.

– Vite, Clara ! criai-je en la poussant.

Mais mon amie avait les yeux rivés sur la pâle figure du vampire. J'essayai de l'attirer à moi de toutes mes forces. En vain. Elle restait là, les pieds comme enracinés dans la terre, telle une statue de marbre.

– Il faut que je boive immédiatement, croassa le vieil homme.

– Clara, réagis !

Tant bien que mal, je parvins à la tirer jusqu'à la porte. Soudain, comme si elle se réveillait, elle cligna des yeux et secoua la tête. Elle poussa un cri de terreur, réussit à se dégager de mon étreinte et se mit à courir.

Nous sortîmes de la pièce et nous engageâmes dans le tunnel. Nos pas résonnaient bruyamment sur le sol en pierre. J'avais les jambes en coton et je me sentais faible. Clara courait devant moi, les bras tendus.

Elle excelle en course à pied ; ses longues foulées l'éloignaient de plus en plus de l'horrible créature.

Je jetai un coup d'œil en arrière. Le vampire nous suivait-il ?

Oh ! que oui ! Il était tout près, flottant juste au-dessous du plafond. Sa cape ondoyait comme une traîne.

– Attends-moi, Clara ! Je t'en supplie !

J'étais complètement essoufflé. Soudain, un rectangle de lumière jaune se dessina devant nous. La porte ! Enfin la porte de ma cave. « Encore un effort ! m'encourageai-je. Un tout petit effort et nous y sommes. Le comte de Nightwing restera coincé dans le tunnel ! Quand nous arriverons là-bas, nous serons en lieu sûr. Papa et maman doivent être rentrés. Pourvu qu'ils soient là ! » Toutes ces pensées se bousculaient dans mon esprit.

Devant nous le rectangle de lumière provenant du sous-sol de ma maison s'agrandissait. Clara courait très vite, mais je l'avais presque rattrapée maintenant.

Je n'osais plus me retourner, mais j'entendais

battre la cape du vampire derrière moi. Clara était presque arrivée !

– Vas-y, Clara, vas-y, tu vas gagner !

Ma poitrine me faisait mal. Je fis cependant un dernier effort pour accélérer le pas, dans l'espoir de la rejoindre. C'est alors que… la raie de lumière rétrécit… Non ! la porte se refermait. Nous hurlâmes tous les deux.

La porte claqua dans un bruit sec. Clara n'eut pas le temps de s'arrêter. Elle la heurta de plein fouet, puis rebondit comme une balle.

Je dus la rattraper par les épaules pour lui éviter de tomber.

– Ça va ? lui demandai-je.

Elle ne répondit même pas ; elle avait les yeux fixés sur le bouton de la porte.

– Freddy, murmura-t-elle, regarde !

Je poussai un cri d'horreur : il n'y avait plus de poignée ! Appuyant mon épaule contre le battant, je pesai de toutes mes forces… Encore et encore !

Rien ne se passa.

Je parvins seulement à me faire mal. La porte, elle, ne bougea pas d'un pouce.

– À l'aide, au secours, on doit sortir d'ici ! paniquai-je.

Il était trop tard. Le comte Nightwing atterrit

silencieusement à côté de nous, sa cape retombant lentement autour de lui. Il arborait un léger sourire et passa sa langue sur ses lèvres.

– Poussons-le et retournons dans le tunnel, murmura Clara à mon oreille. Il ne doit pas être bien fort. Si on continue à courir, il va bien finir par se fatiguer.

Au même moment, le vampire étendit sa cape, nous barrant le passage. Avait-il lu dans nos pensées ?

Il s'approcha de mon amie.

– Soif… j'ai tellement soif…, murmura-t-il en se penchant vers la gorge de Clara.

11

– Lâchez-la ! hurlai-je. Lâchez-la !

Je saisis le comte par le poignet et essayai désespérément de l'écarter de Clara.

Mais seule la cape me resta entre les mains. Le vampire était penché au-dessus de son cou. Il voulait boire son sang !

– Non ! Pas ça, pas ça ! Je vais vous trouver quelque chose d'autre à boire.

À mon grand étonnement, le comte se redressa et recula d'un pas. Clara se frotta le cou. Les yeux agrandis par la terreur, elle ne pouvait empêcher son menton de trembler. Le vampire porta la main à sa bouche et mit un doigt dedans. Les yeux fermés, il tâtait ses gencives.

– Mes canines ! s'écria-t-il enfin. J'ai perdu mes canines.

Ses yeux étranges étaient révulsés. Il restait là,

comme tétanisé. Il se retourna et continua d'examiner anxieusement sa bouche.

Saisissant la chance qui nous était donnée, je me mis à tambouriner de toutes mes forces sur la porte de la cave.

– Papa, Maman, est-ce que vous m'entendez ? Le comte ne me prêtait aucune attention. Il continuait à gémir doucement derrière mon dos.

– Mes canines ! pleurnichait-il. Mes si jolies canines… Elles ne sont plus là. Que vais-je devenir ? Je vais mourir de faim !

Il se retourna vers nous et nous montra sa bouche. Le spectacle était dégoûtant. Il n'avait effectivement plus aucune dent.

– On n'a plus rien à craindre, dis-je à Clara à voix basse. Il est trop vieux pour pouvoir nous faire du mal, et sans ses dents il est inoffensif. On est sauvés, on est sauvés !

Tout le monde peut se tromper, y compris moi !

12

Pendant tout ce temps, le vieux vampire continuait à se masser tristement les gencives en secouant la tête. Puis il soupira et laissa retomber ses bras.

– Fichu ! Je suis fichu ! murmura-t-il. À moins que…

Une lueur s'alluma dans son regard. Je n'aimais pas ça.

– Nous sommes désolés, nous ne pouvons rien pour vous, m'empressai-je de lui dire. Est-ce que vous voulez bien ouvrir cette porte et nous laisser sortir maintenant pour que nous puissions rentrer chez nous ?

Mais le comte n'avait pas l'air de m'entendre. Il se frottait le menton, les yeux fermés, perdu dans ses pensées.

– Oui, c'est vrai, laissez-nous tranquilles ! s'exclama Clara.

Le vieux vampire déclara soudain :

– Vous vous trompez ! Non seulement vous pouvez m'aider, mais vous allez le faire !

Je pris une profonde inspiration avant de déclarer bravement :

– C'est hors de question ! N'y comptez pas ! Il s'approcha alors de nous en flottant. Son regard, froid jusqu'à présent, se fit totalement glacial.

– Vous allez m'aider, tous les deux, dit-il très sèchement, si vous voulez rentrer chez vous… un jour.

Je frissonnai. Le tunnel me parut encore plus gelé. Je regardai vers la porte. Elle était si proche ! Il suffisait de se trouver de l'autre côté pour être hors de danger, loin de ce monstre. Mais pour le moment on ne pouvait rien faire. Rien. Il fallait se résigner.

Je me tournai vers le vieil homme au regard argenté. Je réalisai que c'était un être diabolique. Même sans ses canines, il ressemblait au diable.

– Que pouvons-nous faire… pour vous aider ? bégaya Clara.

– Oui, qu'est-ce que vous voulez ?

Il redescendit lentement sur le sol, et son expression s'adoucit.

– Vous avez la bouteille du souffle du vampire ? demanda-t-il.

– Nous l'avons trouvée dans votre cercueil, lui dis-je.

– Vous l'avez encore ? Donnez-la-moi ! ordonna-t-il en tendant la main.

– Nous ne l'avons pas prise. Elle a dû rester là-bas, par terre… Oui, nous l'avons fait tomber, précisa Clara.

– Comment ? sursauta-t-il. Vous l'avez cassée, vous avez renversé son contenu ?

– Il a… il s'est échappé, expliquai-je. La pièce s'est remplie de fumée, nous avons refermé le flacon, mais…

– Il n'y a pas de mais, m'interrompit-il. Il faut à tout prix la retrouver. Il me faut cette bouteille ! S'il reste encore un peu de souffle, cela me ramènera à mon époque.

– Votre époque ? Quelle époque ?

Il me fixa.

– Vos vêtements me paraissent bien étranges, en effet, constata-t-il. En quelle année sommes-nous ?

Lorsqu'il entendit la réponse, un petit cri étranglé sortit de sa gorge.

– J'ai dormi pendant plus de cent ans ? Il faut que je retrouve cette bouteille, cela me ramènera en arrière. À l'époque où j'étais jeune et où j'avais mes dents.

Je le dévisageais en essayant de comprendre.

– Vous voulez dire que vous allez partir d'ici ? S'il reste un peu de ce liquide, vous retournerez cent ans en arrière ?

– Oui, répondit-il dans une sorte de sifflement. Je rajeunirai de cent ans. Si tout ne s'est pas évaporé...

– Il doit en rester encore quelques gouttes..., hasardai-je.

Il fit demi-tour et nous le suivîmes le long du tunnel. Il flottait, sa longue cape ondulant derrière lui.

– J'ai tellement soif, tellement soif, ne cessait-il de marmonner.

– Je n'arrive pas à croire que nous allons retourner dans cette chambre sinistre pour essayer d'aider un vampire à retrouver son époque ! dis-je à Clara.

– On n'a pas le choix, répondit-elle.

Elle avait raison. J'étais tellement perturbé que je mis les pieds dans une flaque d'eau et m'éclaboussai les chevilles.

Le tunnel tourna et nous nous retrouvâmes dans la pièce carrée. Le comte Nightwing alla directement à son cercueil, puis se retourna vers nous.

– Où est-elle ? Où est la bouteille ? Il me la faut, vite !

– Je crois que Freddy l'a remise dans le cercueil, répondit Clara.

Elle s'avança vers le centre de la chambre et éclaira le velours pourpre.

– Non, il n'y a rien, dit le comte, exaspéré. Où est-elle, à la fin ? Il faut la retrouver, vous n'avez pas idée à quel point j'ai soif. Ça fait cent ans que je n'ai rien bu…

– Si elle n'est pas dans le cercueil, elle est sûrement par terre, suggéra Clara.

– Alors, trouvez-la ! hurla le vieillard.

Nous nous mîmes à explorer le sol, de long en large. N'ayant plus ma lampe, je marchais derrière mon amie qui possédait encore la sienne. Mais il n'y avait pas la moindre trace de la bouteille bleue.

– Enfin, où peut-elle bien être ? murmurai-je. Où est-elle passée ?

– Ça ne devrait pourtant pas être trop difficile de la retrouver dans une pièce vide ! chuchota Clara.

– Peut-être a-t-elle roulé dans le tunnel ?

Clara se mordit la lèvre inférieure.

– Non. Je… je ne crois pas, dit-elle en bégayant.

Elle me regarda, inquiète.

– On ne l'a pas cassée, n'est-ce pas ?

– Je commence à perdre patience, nous interrompit le vampire.

Ses yeux glacials nous fixaient tour à tour.

– La voilà ! s'exclama soudain Clara en éclairant le bas du cercueil.

Je fonçai à travers la pièce, me penchai rapidement et ramassai le souffle du vampire !

Un pâle sourire éclaira le visage du comte.

– Ouvre-la donc, dit-il, que je puisse m'en aller ! Je m'en retournerai vivre à mon époque, dans mon beau château. Adieu, les enfants, adieu ! Allez, ouvre-la, vite !

D'une main tremblante je serrai le goulot. De l'autre, je retirai le bouchon.

Et nous attendîmes… Nous attendîmes tous. En vain !

13

Enfin, au bout d'un temps qui nous parut interminable, un très faible sifflement se fit entendre. Chiiiiii. La vapeur verte s'échappait du goulot.

– Hourra ! m'écriai-je, heureux. Elle n'était pas vide.

L'odeur me souleva le cœur ; une fois encore, je ne pouvais plus respirer... Mais ça, c'était le moindre de mes soucis. Le brouillard apparut à nouveau. Il s'épaissit, ondoya et tourbillonna à tel point que je ne distinguais plus le cercueil, au milieu de la pièce. Je ne voyais même plus Clara, ni le vampire.

J'avais envie de sauter de joie parce que je savais que le vieux comte allait disparaître dans cette vapeur, et que ce cauchemar prendrait fin. Nous ne le verrions plus jamais.

– Clara, ça va ?

Ma voix semblait creuse, vide, comme absorbée par la fumée.

– Quelle odeur épouvantable, gémit-elle en guise de réponse.

– Retiens ta respiration ! La dernière fois, ça s'est dissipé en quelques secondes.

– C'est trop dégoûtant, pleurnicha-t-elle.

Elle se tenait juste à côté de moi, mais la brume froide et humide était tellement dense que je ne voyais rien ! C'était un peu comme si nous étions sous l'eau, au milieu d'un océan.

Je retins ma respiration le plus longtemps possible, puis j'expirai, doucement. Je fermai les yeux et me mis à souhaiter de tout mon cœur que ce brouillard s'évapore, qu'il retombe sur le sol et disparaisse. « Pourvu que ça s'arrête. Je ne veux pas me noyer dans cette puanteur », pensais-je.

Quelques secondes après, je rouvris les yeux. L'obscurité était totale.

Je clignai des paupières à plusieurs reprises. Un carré de lumière brillait dans le lointain, comme si la lune éclairait une fenêtre.

Une fenêtre ? Mais il n'y avait jamais eu de fenêtre dans cette pièce !

En me retournant, j'aperçus Clara. Elle avait visiblement beaucoup de mal à avaler sa salive et regardait nerveusement tout autour d'elle.

– Il est parti. Le vampire est parti ! chuchota-t-elle.

J'essayai de distinguer quelque chose dans cette lumière blafarde.

– Où sommes-nous ? murmurai-je en lui montrant du doigt la fenêtre, à l'autre bout de la pièce. Il n'y avait pas de fenêtre avant ! Comme toujours quand elle est angoissée, Clara se mordillait la lèvre inférieure.

– Nous ne sommes plus dans la même pièce, constata-t-elle tout doucement, celle-ci est beaucoup plus grande.

Brusquement, elle s'arrêta.

– Oh, non ! gémit-elle. Regarde, des cercueils ! Mes yeux s'étaient accoutumés peu à peu à la pénombre. Des formes allongées apparurent, et je réalisai que nous étions effectivement devant deux longues rangées de cercueils.

– Où pouvons-nous bien être ? s'écria Clara d'une voix chevrotante. Ça doit être un cimetière ou quelque chose comme ça !

– Mais enfin, nous étions dans cette cave ! Nous ne pouvons pas être dans un cimetière ! Et pourtant… On dirait une espèce de chambre, une chambre immense même !

Je jetai un coup d'œil vers le plafond. Il était

incroyablement haut. Deux lustres en cristal luisaient faiblement dans la pâle lumière de la lune. Les murs sombres étaient recouverts de grands tableaux. Même dans la semi-obscurité on pouvait reconnaître des portraits d'hommes et de femmes sévères, habillés de vêtements noirs, démodés.

Je me retournai vers la rangée de cercueils et me mis à les compter.

– Il doit bien y en avoir deux bonnes douzaines, dis-je à mi-voix.

– Et ils sont alignés en rangées parallèles, ajouta Clara sans cesser de se mordre la lèvre. Freddy, tu ne penses pas qu'il…

Elle s'interrompit.

– Quoi ? la pressai-je.

– Le comte nous a pris avec lui ! Nous pensions qu'il allait retourner tout seul dans son château. Il avait dit qu'il voulait s'en aller et qu'il ne nous reverrait plus jamais ! Mais il nous a bel et bien emmenés avec lui. J'en suis sûre !

Je m'apprêtais à lui répondre quand un bruit étrange me fit taire. C'était une sorte de craquement. Je sentis un frisson glacé me parcourir le dos.

Un autre craquement. Puis un autre. De plus en plus près. De plus en plus nombreux.

– Regarde ! cria-t-elle en me saisissant le bras. Je plissai les yeux pour essayer de distinguer quelque chose dans la pénombre.

– Là, les cercueils !

Dans un grincement horrible, ils s'entrouvraient tous !

14

Les couvercles se soulevaient lentement, poussés de l'intérieur par des mains décharnées. Ils s'ouvrirent complètement dans un concert de grincements horribles.

Clara et moi nous serrâmes l'un contre l'autre, incapables de bouger. Nous ne pouvions pas détacher les yeux de ce spectacle d'épouvante. Les vampires s'assirent et poussèrent des grognements. Leurs mains osseuses s'agrippaient aux rebords des cercueils. Soudain, les créatures se mirent à tousser, comme si elles cherchaient à s'éclaicir la voix, puis elles se relevèrent lentement. Leurs visages paraissaient jaunes dans le clair de lune. Leurs yeux luisaient faiblement. Leurs gémissements se répercutaient sur les hautes voûtes du plafond. Leurs os grinçaient, craquaient. Tous avaient l'air si vieux. Plus vieux que le plus vieux des vieillards qu'on pourrait rencontrer dans la rue. Leur peau était tellement tendue que leurs os semblaient prêts à passer au travers.

« Des squelettes vivants ! pensai-je. Voilà ce qu'ils sont. »

Ils finirent par se mettre debout. Leurs jambes, aussi minces que des pattes d'araignée, passèrent au ralenti par-dessus les bords des cercueils. Clara et moi reculâmes dans l'ombre.

Les vampires toussaient encore et encore. L'un d'eux s'appuya sur son cercueil, l'air souffrant.

– J'ai tellement soif, dit une voix.

Aussitôt, les autres reprirent en chœur :

– Tellement soif !

Ceux qui n'étaient pas sortis de leur cercueil bougeaient à leur tour et s'étiraient en râlant. Ils scandaient inlassablement :

– Soif ! Tellement soif !

Leurs voix étaient sèches et rauques.

Ils étaient tous vêtus de noir et portaient des costumes chics avec des chemises blanches à cols amidonnés qui montaient jusqu'au menton. Certains avaient de longues capes brillantes qu'ils arrangeaient de leurs doigts osseux, et qu'ils rejetaient sur leurs maigres épaules.

– Soif, j'ai si soif…, chantonnaient-ils.

Au fur et à mesure qu'ils s'éveillaient, les lueurs argentées de leur regard s'intensifiaient. Ils commencèrent à agiter les bras, lentement au début, puis ils les étirèrent de bas en haut de plus en plus vite, provoquant des craquements sinistres. Soudain, sous nos yeux ahuris, ces vieillards maladifs se mirent à rétrécir. Le spectacle était terrifiant. Leurs bras devinrent des ailes. Progressivement, ils se transformèrent en chauves-souris noires… qui se tournèrent vers nous. Leurs yeux étaient rouge sang !

15

Les chauves-souris avaient-elles détecté notre présence ? Difficile à dire.

Elles voletaient au-dessus des cercueils ouverts. Des sortes de froissement se faisaient entendre, semblables à ceux provoqués par des serpents glissant dans l'herbe. Elles ouvrirent leurs gueules, découvrant des dents jaunes très pointues. Ensemble, elles poussèrent un long sifflement. Quel horrible son ! Il devenait de plus en plus aigu et recouvrit bientôt le bruit, pourtant assourdissant, de leurs ailes.

C'était le signal de l'attaque !

À présent, les créatures étaient toutes parfaitement réveillées. Prêtes à nous renverser sur le sol et à nous planter leurs crocs acérés dans la peau. Prêtes à boire jusqu'à plus soif.

– Freddy ! hurla Clara en se protégeant le visage.

Paniqué, je me bouchai les oreilles. J'attendais l'assaut, le regard fixé sur les yeux rouges des chauves-souris qui luisaient dans l'ombre. Mais, à mon grand étonnement, elles ne plongèrent pas sur nous. Elles volèrent plus haut et filèrent en ligne droite vers la fenêtre, de l'autre côté de la pièce. J'en avais le souffle coupé et restais cloué sur place, bouche bée. Elles ne nous avaient pas attaqués ! Au contraire, elles s'évanouirent dans le clair de lune.

Le sifflement s'atténua, puis disparut. Je repris lentement mon souffle.

– Clara, murmurai-je, on est sains et saufs.

Mon amie acquiesça d'un mouvement de tête. Elle remit en place d'une main tremblante la longue mèche de cheveux qui était restée collée sur son front par la sueur.

– Ouf ! murmura-t-elle, retrouvant enfin l'usage de la parole, on l'a échappé belle.

– Tout va bien maintenant, dis-je tout en fouillant la longue pièce du regard.

Les cercueils ouverts s'étendaient jusqu'à la fenêtre. Leur ombre s'étirait le long des murs.

– Ça y est, nous sommes seuls et tranquilles.

À peine avais-je terminé ma phrase qu'un bruit de pas nous fit sursauter. Quelqu'un se racla la gorge.

Je me retournai si vite que je faillis perdre l'équilibre.

Le comte Nightwing avançait vers nous. Il tenait à la main une torche allumée dont la lumière éclairait faiblement son visage.

– Que faites-vous là, tous les deux ? demanda-t-il, apparemment surpris de nous trouver ici. Je m'apprêtai à lui répondre, mais ne pus émettre qu'un son étouffé. J'étais encore sous le choc de ce que nous venions de vivre.

– Vous n'avez rien à faire dans mon château, déclara le vieux vampire. Vous n'êtes pas dans votre époque.

Comme dans la cave, le comte flottait au-dessus du sol, les yeux aussi brillants que la flamme de sa torche.

– Vous n'avez rien à faire ici, répéta-t-il d'un air menaçant.

– Mais… mais…, bégayai-je, rouge de colère et de confusion.

Il n'était pas le seul à être énervé !

– C'est vous qui nous avez emmenés ici, s'exclama Clara en tendant vers lui un doigt accusateur. Nous ne vous avons pas suivi !

– Elle a tout à fait raison, renchéris-je, ayant enfin retrouvé ma voix. Vous nous aviez promis la liberté, et on se retouve coincés avec vous !

– Hum… hum, marmonna le comte en guise de réponse.

– Vous devez nous renvoyer chez nous, déclara Clara.

– On veut rentrer, et tout de suite ! appuyai-je.

Le vampire descendit sur le sol silencieusement. Il paraissait soudain anxieux.

– Laissez-nous partir, et on ne dira à personne qu'on vous a vu, s'il vous plaît… Nous oublierons toute cette histoire, promis-je.

La créature rejeta sa cape en arrière :

– Je voudrais bien, mais je ne le peux pas…

– Et pourquoi ça ? demandai-je.

– Parce que je ne sais pas comment faire, tout simplement.

– Quoi ? criai-je.

– Je ne sais pas comment vous faire rentrer chez vous. Je suis un vampire, pas un magicien.

– Mais… mais… mais ! bégayai-je.

J'étais pris de panique.

– Et alors, que va-t-on devenir, nous ? demanda Clara, hébétée.

Il haussa les épaules :

– Ne vous inquiétez pas pour votre avenir. Dès que j'aurais retrouvé mes canines, je sucerai votre sang et vous transformerai en vampires.

16

– Je veux rentrer chez moi ! hurlai-je.

Clara se mit à pleurer.

Le vieux vampire semblait perdu dans ses pensées, les yeux grands ouverts. Il ne nous prêtait plus la moindre attention. Son corps entier paraissait vaciller, comme les reflets de sa torche.

– Le souffle du vampire, il m’en faut tout de suite ! rugit-il soudain.

– Faites-nous rentrer chez nous, tenta encore de le supplier Clara.

C’était peine perdue. Je serrai mes poings, furieux et inquiet à la fois. Ce n’était pas juste. Nous l’avions aidé à retourner chez lui, et voilà comment il nous remerciait ! Il nous proposait de nous mordre dans le cou et de nous transformer en vampires. De qui se moquait-il ?

J'essayai d'imaginer ma vie dans ce château, dormant toute la journée dans un cercueil, ne me relevant que la nuit, transformé en chauve-souris… Volant dans l'obscurité à la recherche de cous à mordre. Et ça pour l'éternité ! Quelle horreur !

Je me jurai de ne plus jamais me plaindre de rien. Je me promis même de ne plus faire peur à Thomas Brown lorsque je le garderais. Mais le reverrais-je seulement ? Et papa, maman ? Et tous mes amis ? C'était affreux !

Désespéré, j'ordonnai au comte en criant :

– Renvoyez-nous chez nous, il le faut ! Il le faut à tout prix.

Le vampire marchait de long en large sans s'occuper de nous. Il avait réellement l'air d'avoir oublié que nous étions là, tous les deux.

Il passait son temps à répéter :

– Le souffle du vampire, le souffle du vampire.

Il avait raison ; au fait, où pouvait bien être passée cette satanée bouteille ? Je me le demandais moi aussi.

Je la tenais à la main au moment où je l'avais ouverte dans la pièce carrée et, depuis, je ne l'avais pas revue…

Je regardai autour de moi, sur le plancher, partout. Aucune trace du flacon. Il avait dû disparaître pendant notre voyage à travers le temps !

– Et pourquoi en avez-vous besoin ? demanda Clara.

Le vieux vampire la fixa du regard.

– Quand il ne dort pas, un vampire a besoin de boire du *souffle du vampire*. C'est indispensable. Nous autres, créatures de la nuit, ne pouvons pas vivre uniquement de sang !

Tous les deux, atterrés, nous attendions la suite.

– Nous vivons tous ensemble dans ce château, près de notre souffle du vampire. Nous en avons chacun une bouteille sur laquelle nous veillons. Nous y tenons comme à la prunelle de nos yeux, expliqua-t-il en soupirant. Oh ! Maintenant, je m'en souviens ! Je n'en avais presque plus. C'était ma dernière bouteille ! Il faut absolument que je la retrouve. Absolument !

– Mais à quoi cela vous sert-il ? insistai-je.

– Ça sert à tout ! cria le comte. Le souffle nous permet de voyager dans le temps, par exemple. De nous rendre invisibles, d'apparaître et de disparaître. De garder le teint frais et la peau douce. En plus, ça donne de l'énergie. Grâce à ce breuvage, nous pouvons dormir, il rafraîchit notre haleine et empêche nos os de se transformer en poudre !

– Ça alors ! murmurai-je.

J'étais tellement étonné par ce que je venais d'apprendre que j'en oubliais presque ma peur.

– Mais pourquoi tenez-vous tant à retrouver vos dents ? demanda Clara.

– Le souffle restaure la mémoire, continua le vieux vampire sans répondre à sa question. Quand on vit des centaines d'années, c'est difficile de se souvenir de tout ! Grâce au souffle, je retrouverai l'endroit où j'ai fourré mon dentier. C'est ça, trouver la bouteille. Alors, je pourrai boire. Il se retourna, les yeux braqués sur moi.

– Où as-tu mis le flacon ? Est-ce que tu l'as encore ?

J'étais envoûté par son regard qui me pénétrait l'âme.

– Non… non ! bégayai-je, ce n'est pas moi qui l'ai !

– Mais ça ne servira à rien de retrouver la bouteille, intervint Clara. Vous vous souvenez, nous l'avons entièrement vidée pour revenir ici ! Impatient, le comte secoua la tête.

– Ça, c'était dans le futur ! hurla-t-il. C'était dans cent ans. Nous sommes en 1898, tu comprends maintenant ! Et avant que je vienne vous voir, la bouteille était pleine.

Ma tête tournait, tant j'essayais de comprendre ce qu'il disait. Je m'appuyai sur un des cercueils.

Le vampire se remit à marcher de long en large en se grattant la tête.

– Je l'ai cachée quelque part, oui. Ça me revient à présent, mais où ? Je l'ai cachée pour que les autres ne la trouvent pas. Mais où ? répéta-t-il. Soudain, il se détourna, sa longue cape pourpre voletant derrière lui. Puis il disparut.

Nous nous retrouvâmes seuls au milieu de tous ces cercueils, dans cette longue pièce. Clara soupira en se dirigeant vers eux.

– J'espère que je me retrouverai près de la fenêtre ! parvint-elle à plaisanter. J'aime bien l'air frais !

– Je n'arrive pas à croire à tout ce qui nous arrive, m'écriai-je.

L'idée de mourir et de devenir un vampire m'effrayait et m'horripilait à la fois.

– Je n'ai que douze ans, me lamentai-je.

La gorge nouée, j'avais du mal à avaler ma salive.

– Tu sais ce qu'il nous reste à faire ? demandai-je doucement. Il faut qu'on retrouve la bouteille bleue avant le comte. S'il met la main dessus et s'il récupère ses canines, nous sommes fichus.

– Non, dit Clara, je ne suis pas d'accord. J'ai une meilleure idée.

17

Clara jeta un coup d'œil vers la porte, puis vers moi :

– Il faut absolument sortir d'ici !

– C'est ça, ton plan ? Bravo, il est génial ! ricanai-je.

– Peut-être pas génial, dit-elle en mettant un doigt sur sa bouche, mais si on sort de cette baraque on trouvera de l'aide. Si on reste à l'intérieur, on est perdus, quoi qu'on fasse.

– Et qui pourrait bien nous venir en aide ? N'oublie pas qu'on est en 1898 ! Qui pourrait nous aider à traverser le temps dans l'autre sens pour revenir chez nous ?

– Ça, je n'en sais vraiment rien, répondit-elle tristement. La seule chose dont je sois sûre, c'est que si on reste dans ce maudit château, on est morts !

J'aurais voulu trouver un argument valable pour la convaincre… mais ne pouvais rien redire à cela. Elle avait sûrement raison : notre seule chance était de nous échapper.

– Viens, dit-elle en cherchant à m'entraîner vers la fenêtre.

La pièce était aussi longue que la salle de gym de notre collège. Nous avancions rapidement entre les cercueils ouverts. Je n'arrivais pas à les quitter des yeux, fasciné.

« Les vampires dorment là-dedans… et ce sera bientôt notre tour ! » Cette idée m'obsédait. Je frissonnai et m'arrêtai.

– Regarde, m'exclamai-je. On est pris au piège ! Elle soupira en comprenant ce que je lui montrais du doigt.

La fenêtre était très haute, bien au-dessus de nos têtes. Il nous était impossible de l'atteindre, même avec une échelle.

– Il faudrait voler pour y arriver !

Clara se renfrogna :

– C'est le seul intérêt d'avoir des ailes ! Au moins, on aurait pu se faufiler par là !

– Il doit bien y avoir un autre moyen de sortir d'ici ! m'efforçai-je de la réconforter. Allons voir du côté de la porte d'entrée.

Nous nous mîmes à courir le long du mur et passâmes la porte. Nous débouchâmes sur un couloir lugubre. Il paraissait s'étendre à l'infini. De chaque côté, il y avait des portes en bois foncé. Elles étaient toutes fermées. Au-dessus de chacune d'elles, une lampe à gaz diffusait une faible lueur jaune. Nos pieds s'enfonçaient dans un épais tapis bleu. L'air empestait. Je jetai un rapide coup d'œil en arrière, vers la salle des cercueils. Je remarquai alors une horrible sculpture, surplombant la porte principale. Elle semblait me fixer méchamment.

Je me détournai de ce regard diabolique et examinai le couloir, des deux côtés.

Par où fallait-il aller ? À gauche, à droite ?

Voyant que j'hésitais, Clara haussa les épaules :

– Ça n'a pas vraiment d'importance, il faut simplement trouver une porte ou une fenêtre accessible qui donne sur l'extérieur.

– Simplement, ironisai-je. Tu en as de bonnes ! Nous avancions silencieusement à présent ; nos ombres s'étiraient derrière nous.

Nous nous arrêtâmes devant la première porte. J'attrapai la poignée en cuivre et la tournai. Le battant céda et nous entrâmes dans une vaste pièce carrée. Les meubles étaient recouverts de housses blanches ; les chaises, placées entre les canapés, ressemblaient à des fantômes debout.

Dans un coin, une vieille pendule montait la garde. Clara me montra du doigt les tentures noires qui tapissaient le mur du fond. Il devait y avoir une fenêtre dissimulée derrière.

Nous nous mîmes à courir à travers la pièce, faisant tourbillonner l'épaisse couche de poussière qui recouvrait les dalles.

– Ça doit faire un bon moment que personne n'est venu ici !

Clara ne répondit pas. Elle saisit le lourd rideau par un des côtés et tira dessus.

Une fenêtre sale apparut.

– Super ! m'écriai-je.

– Pas si super que ça ! répondit-elle tristement. Une fois encore, elle avait raison ! D'énormes barreaux protégeaient la fenêtre.

Clara laissa retomber la tenture et poussa un grognement de rage.

Nous fonçâmes alors vers une autre porte et entrâmes dans une petite pièce bourrée de malles.

Elles étaient parfaitement rangées les unes sur les autres, jusqu'au plafond. Là, il n'y avait pas la moindre fenêtre !

Au centre de la pièce suivante, nous trouvâmes un énorme bureau, et le long des murs des étagères remplies de vieux livres. La fenêtre était, là aussi, cachée par une tenture noire… et condamnée avec des barreaux.

– Quelle barbe, murmurai-je !

– On est dans une prison, dit Clara d'une voix tremblotante.

– Il faut à tout prix sortir d'ici, il doit bien y avoir un moyen ! Ce n'est pas possible autrement, gémis-je.

Nous retournâmes dans le long couloir, découragés par nos découvertes.

Soudain j'entendis un bruit de battement d'ailes. Les chauves-souris ?

Était-ce le retour des vampires ? Clara aussi avait entendu.

– Dépêche-toi ! hurla-t-elle.

Nous ouvrîmes la porte suivante et la refermâmes soigneusement aussitôt. Nous nous trouvions à présent dans une immense salle à manger. Au centre de la table se dressait un grand chandelier sur lequel restaient encore des bougies blanches entamées. La cire, en coulant, avait maculé le dessus de la table.

– On croirait que personne n'habite là ! fis-je remarquer en désignant l'épaisse couche de poussière grise recouvrant tout.

Clara se trouvait déjà près de la fenêtre.

– Si je comprends bien, chaque fenêtre a des

barreaux, ici, pleurnicha-t-elle. On ne peut pas continuer à se balader de pièce en pièce, on va finir par se faire repérer !

En regardant la longue table, j'eus une idée.

– Les vampires ne mangent pas, n'est-ce pas ? demandai-je.

– Non, et alors ? dit Clara en donnant des coups de poing rageurs sur la tenture noire.

– Ça veut dire qu'ils ne vont jamais dans la cuisine, continuai-je. Donc, c'est le seul endroit où on sera en sécurité. Il y a forcément une porte qui donne sur la cuisine. Peut-être…

– Peut-être bien que oui, peut-être bien que non ! coupa Clara. Il y a des centaines de pièces dans ce vieux château pourri ! Comment veux-tu trouver la cuisine ?

Je la pris par les épaules et la guidai vers une porte.

– Écoute, si on est dans la salle à manger, la cuisine ne doit pas être loin, tu ne crois pas ?

– Peut-être, dit-elle amèrement.

Je lui fis traverser le couloir puis la menai de porte en porte. Nous les poussions l'une après l'autre.

Il n'y avait pas de cuisine !

Régulièrement, nous regardions en arrière pour vérifier si le comte ne nous suivait pas.

Tout à coup, nous nous trouvâmes dans un couloir beaucoup plus étroit et encore plus sombre que les précédents. J'essayai d'ouvrir la première porte.

Youpi ! J'avais eu raison, il y avait là une vieille cuisine, avec une cheminée gigantesque, un fourneau à bois, des tas de poêles et de pots accrochés sur le mur. Je parcourus la pièce du regard et découvris une large fenêtre.

Sans tenture ni barreaux ! Enfin une bonne, très bonne nouvelle !

– Génial ! s'écria Clara.

Nous nous précipitâmes tous les deux en espérant que la fenêtre allait céder.

Nous essayâmes de la soulever, car elle n'avait pas de poignée, mais ce fut impossible.

– Il faut casser un carreau, suggéra Clara.

Je courus vers le mur, décrochai un poêlon en métal et l'apportai jusqu'à la fenêtre, prêt à le lancer dans les vitres. Mais j'arrêtai brutalement mon geste. J'avais entendu quelqu'un tousser, derrière nous, dans le hall.

– C'est lui ! C'est le comte !

– Casse la fenêtre, insista Clara.

– Tu es folle, il nous entendrait !

Je posai le poêlon sur le sol et retournai près de la fenêtre.

La toux se rapprochait. De plus en plus !

– Hé ! Regarde, je crois qu'elle s'ouvre par là, chuchotai-je en appuyant de toutes mes forces sur les battants couverts de poussière.

C'était ça ! Lentement, la fenêtre tourna sur ses gonds. Je l'ouvris en grand.

Une bouffée d'air frais envahit la pièce. J'attrapai Clara par la main.

Un bruit derrière nous, provenant de la porte, me fit sursauter.

– Vite, vite, suppliai-je, le voilà !

Le cœur battant, j'aidai Clara à grimper sur le rebord de la fenêtre, puis m'y hissai moi-même difficilement.

18

– Tu crois qu'il nous a vus entrer dans la cuisine ? murmura Clara.

– Je n'en sais rien, mais ce qui est sûr, c'est qu'il était bien dans le couloir.

– Si jamais il nous a vus…

Une rafale de vent noya le reste de ses paroles. La brise était rafraîchissante. De lourds nuages cachèrent la pleine lune, nous plongeant dans l'obscurité totale.

Nous étions tous les deux à genoux, sur le rebord étroit de la fenêtre, le dos tourné à la cuisine. Serrés l'un contre l'autre, nous parvenions tant bien que mal à nous maintenir en équilibre.

– Allons-y ! ordonnai-je.

Je me retournai, le visage face à la fenêtre. J'agrippai des deux mains le rebord en abaissant progressivement mes jambes le long du mur, cherchant à poser mes pieds sur le sol.

– Hé, dis donc…, m'écriai-je.

Un rayon de lune traversa les nuages.

J'en profitai pour regarder vers le bas… et poussai un cri de stupeur !

Sous moi, il y avait le vide et, tout en bas, on apercevait de gros rochers !

Très loin en dessous. Des centaines de mètres en dessous.

– On est en hauteur ! Le bâtiment est construit sur une falaise.

Effectivement, le château surplombait des rochers escarpés. Et moi, je me balançais le long du mur !

Je commençais à avoir mal aux mains. Mes doigts glissaient… je perdais petit à petit ma prise sur le rebord en pierre.

– Clara ! Clara ! dis-je en hoquetant…

J'étais en train de tomber.

19

Je plongeais dans le vide.

Mes mains étaient couvertes d'écorchures. J'essayais de toutes mes forces de me raccrocher à quelque chose, à n'importe quoi ! Mais je tombais trop vite pour y arriver. Je donnais des coups de pieds dans tous les sens et remuais les bras. Le vent accélérait ma chute. Était-ce bien moi qui hurlais de la sorte ? J'avais pris tellement de vitesse que je ne m'entendais plus.

Brusquement, je m'arrêtai de crier… et de tomber aussi.

Une grande ombre noire était venue à ma rescousse. Je perçus distinctement un battement d'ailes. Soudain, je sentis que j'étais en train de remonter.

J'essayais désespérément de distinguer quelque chose et… je vis deux yeux qui luisaient, tout rouges. Une haleine chaude me soufflait à présent dans le cou. Elle provenait d'une bouche grande ouverte.

« Mais il va me dévorer ! » pensai-je, terrifié. J'étais prisonnier d'une ombre aux yeux épouvantables qui m'entraînait de plus en plus haut. J'étais comme dans un trou noir !

J'atterris brutalement sur mes deux pieds, dans un bruit sourd.

L'obscurité se dissipa. En ouvrant les yeux, je vis Clara. Éberluée, elle parvint à articuler :

– Freddy, Freddy, c'est bien toi ?

J'étais dans la cuisine. Je me retournai vers la fenêtre et aperçus alors la chauve-souris géante qui m'avait rattrapé dans ma chute. Ses ailes battaient et ses deux yeux rouges luisaient comme des braises prêtes à me brûler.

À me brûler, peut-être, mais en attendant je réalisai que cette affreuse bestiole m'avait sauvé la vie.

J'avais eu trop d'émotions. Je tombai sur les genoux et dus me retenir au poêle pour ne pas m'affaler complètement.

À ce moment-là, la chauve-souris se mit à rétrécir. Ses ailes noires s'enroulèrent autour de son corps, se fondirent en une cape pourpre.

Le comte Nightwing apparut !

– Tu as fait une énorme bêtise, jeune homme, dit-il d'une voix courroucée. Tu t'es imaginé que tu pourrais voler peut-être ? Tu n'es pas encore prêt pour cela, petit, pas encore ! Quand je t'aurai transformé en vampire, tu pourras le faire tous les soirs…, grogna-t-il.

Il pencha son visage si près du mien que je sentis l'odeur de sa peau flétrie.

– N'essaie plus jamais de t'évader, car la prochaine fois… je ne te rattraperai pas !

J'étais terrifié. J'essayais de respirer plus calmement afin de ralentir les battements de mon cœur. Le comte se détourna et, dans un grand mouvement de cape, il s'approcha de la porte. Il s'arrêta et se retourna vers nous.

– Ne restez pas ici, ordonna-t-il. Venez avec moi pour m'aider à retrouver ma bouteille. J'ai la certitude qu'elle se trouve quelque part par là, dans cette partie du château.

Il se prit la gorge à deux mains.

– J'ai tellement soif ! C'est intenable ! dit-il, les yeux rivés sur Clara et moi.

Nous n'avions pas le choix. Le vampire se tenait près de la porte, attendant que nous le suivions.

– Je l'ai peut-être cachée dans la suite royale, dit-il en se parlant à lui-même.

Il poussa une porte et disparut dans une pièce.

Nous attendîmes. Les corridors s'étendaient à perte de vue. Et nous n'avions parcouru qu'une aile du vieux château !

– Ça va ? me demanda Clara. Tu as l'air bizarre !

– Tu ne peux pas savoir ce que j'ai eu la trouille, lui avouai-je. Tu te rends compte, je suis tombé du haut d'une falaise !

Clara secoua la tête :

– Ça ne va pas être facile de s'échapper d'ici. Mais on ne peut pas abandonner, Freddy. Il faut continuer, parce que, dès qu'il aura retrouvé ses dents, il nous transformera en vampires. Tu avais raison, il faut qu'on retrouve coûte que coûte la bouteille avant lui. Avec un peu de veine, on réussira.

– Et après, qu'est-ce qu'on en fera quand on l'aura trouvée ?

– On empêchera le comte de remettre la main dessus !

J'entraînai Clara vers la pièce suivante. Nous découvrîmes un alignement de cercueils spectaculaire. Il y en avait des dizaines, parfaitement rangés, sur toute la longueur de la pièce, tous ouverts.

– Voilà une autre de leurs chambres à coucher, cria Clara.

Elle tremblait comme une feuille.

– Ça fait vraiment peur, Freddy. Comme ils sont nombreux ! Ils sont tous sortis, à la recherche de sang frais. Seulement, tout à l'heure, ils vont rentrer, et quand ils nous verront…

Clara avala sa salive avec difficulté.

– On sera leur dessert…, continua-t-elle.

– Peut-être qu'il vaudrait mieux chercher la bouteille dans une autre pièce. Quelque part où il n'y a pas de cercueils.

Soudain, mon regard fut attiré par l'un d'eux, placé contre le mur. Il était fermé !

– Tu as vu ? Tous les autres sont ouverts. Pourquoi pas celui-là ?

Clara l'examina de plus près.

« Bizarre, très bizarre même ! » pensai-je. Des idées folles me traversaient l'esprit. Était-ce un cercueil vide ? Ça serait alors l'endroit idéal pour cacher une bouteille de souffle du vampire !

– Ouvrons-le, proposai-je.

– Un vampire dort peut-être dedans, dit Clara. Imagine qu'on le réveille…

Sa voix s'éteignit.

– Il faut y jeter un coup d'œil quand même. C'est peut-être notre dernière chance…, lui dis-je. Nous nous approchâmes du cercueil. Son couvercle poli brillait. Je passai la main sur le bois.

Puis, sans un mot, Clara saisit une poignée et moi l'autre. Lentement, très lentement, nous nous mîmes à les tirer.

20

Le couvercle était en bois massif. Nous dûmes tirer sur les poignées de toutes nos forces pour que le cercueil s'entrebâille enfin. Je me retournais régulièrement vers la porte pour vérifier si le comte n'avait rien entendu. Tout semblait normal de ce côté-là.

En me redressant, je jetai un œil à l'intérieur. Le cercueil était tapissé de feutre vert, ce qui me fit immédiatement penser au tapis de la table de billard de notre cave. Je soupirai en pensant que je ne la reverrais peut-être plus jamais !

– Il est vide, dit Clara tristement.

– Tant pis, continuons à chercher, déclarai-je. Au moment où je reculais, je remarquai une poche, un peu comme celles qu'il y a dans les valises. Elle était gonflée sur un des côtés. Je glissai ma main dedans.

– Hé, Clara ! Attends une minute !

Elle était sur le point de sortir de la pièce.

– Regarde ce que j'ai trouvé !

Je brandis triomphalement la fameuse bouteille ! Le visage de mon amie s'illumina :

– Génial ! Maintenant, il ne reste plus qu'à la cacher pour qu'il ne puisse jamais la retrouver.

– Peut-être faudrait-il la vider complètement ? suggérai-je.

Clara se précipita vers moi et me la prit des mains.

– Tu te souviens de ce qui s'est passé quand nous avons débouché l'autre ? On s'est retrouvés cent ans en arrière ! Si nous l'ouvrons…

– Ça nous ramènera peut-être dans le présent, qui sait ?

– Oui, le comte a dit que cet élixir servait à voyager à travers le temps. Si on l'ouvre, on reviendra à la maison !

Perplexes, nous examinions la bouteille bleue en silence.

Fallait-il la cacher loin du vieux vampire pour l'empêcher de retrouver ses dents, ou devions-nous l'ouvrir, dans l'espoir que l'infect brouillard s'en dégage et nous fasse revenir dans la cave ? Nous nous regardions sans savoir quoi faire.

– Allez, vas-y ! dis-je enfin à Clara.

Elle serra fort le bouchon dans sa main et commença à le tirer.

Puis, soudain, elle s'arrêta et bloqua sa respiration. Là-bas, au fond de la pièce, je vis quelque chose bouger. Un faible bruit troubla le silence. Nous n'étions plus seuls.

21

Je me retournai, m’attendant à trouver le comte. Mais, à sa place, je vis sortir de l’ombre une jeune fille. Ses yeux clairs étaient démesurément ouverts. Elle aussi devait être surprise de nous trouver ici. Quand elle s’avança, je remarquai qu’elle avait des boucles blondes qui lui descendaient jusqu’aux épaules. Elle portait une longue jupe grise démodée et un chemisier blanc. Elle avait à peu près notre âge.

Elle s’approcha et s’arrêta à quelques cercueils de nous.

– Qui êtes-vous ? demanda-t-elle en nous regardant d’un œil soupçonneux. Que faites-vous ici ?

– On… on ne sait pas vraiment…, bégayai-je.

– Non, corrigea Clara, nous savons qui nous sommes, mais nous ne savons pas du tout ce que nous faisons ici.

– Tout cela est une erreur, expliquai-je à mon tour.

La fille conservait son expression étonnée.

– Et toi, qui es-tu donc ? lui demandai-je. Elle ne répondit pas tout de suite, continuant de nous observer avec ses grands yeux pâles.

– Je m'appelle Gwendolyn, dit-elle enfin.

– Est-ce que tu es l'un d'eux ? demandai-je sans même réfléchir.

Elle frissonna.

– Oh ! non, répondit-elle rapidement.

Ses lèvres se retroussèrent en un rictus de colère.

– Non, je les hais ! Je les hais tous.

Clara devenait nerveuse et se balançait d'une jambe sur l'autre. Elle me passa discrètement la bouteille. Elle était froide et humide, à cause de ses mains moites. Je la tenais sur le côté, pour éviter que Gwendolyn la voie.

– Tu habites ici ? Tu connais le comte Nightwing ? Tu es l'une de ses parentes ?

Le rictus de Gwendolyn se fit encore plus amer.

– Non, répondit-elle.

Alors qu'elle prononçait ces mots, son visage se couvrit de larmes.

– Je suis prisonnière ici, reprit-elle au bout d'un moment. Je n'ai que douze ans, et ils me traitent comme une esclave. Vous ne vous imaginez pas ce qu'ils me forcent à faire, continua-t-elle de sa voix tremblante. Je dois nettoyer et astiquer leurs cercueils. Jour et nuit.

– Beurk ! fit Clara.

Gwendolyn soupira. Elle remit en place ses boucles blondes et essuya ses larmes.

– Jour et nuit ! Et il y a des dizaines et des dizaines de cercueils dans ce château. Ils doivent tous être brillants, doux au toucher, propres, comme neufs.

– Que se passerait-il si tu refusais ? Si tu déclarais au comte Nightwing que tu ne veux plus le faire ?

Elle laissa échapper un rire saccadé :

– Il ferait de moi un vampire !

De nouveau, elle trembla de tous ses membres.

– Et tu ne peux pas t'évader ?

Un autre rire nerveux la secoua :

– M'évader ? Si j'essayais, ils me pourchasseraient, ils se transformeraient en chauves-souris et ils me coinceraient. Puis ils suceraient tout mon sang pour que je devienne l'une des leurs. Au fur et à mesure que je l'écoutais, la sympathie que je ressentais pour elle augmentait. Mais je ne savais pas quoi lui dire.

– Nous non plus, nous ne sommes pas d'ici, dit Clara en regardant la porte. Le comte Nightwing nous a transportés avec lui par erreur. Tu ne pourrais pas nous aider ? Il n'y a vraiment aucun moyen de s'échapper d'ici ?

Gwendolyn fixait le sol tout en réfléchissant.

– Il y a peut-être une possibilité, dit-elle finalement, mais il faudra vraiment que nous soyons très prudents.

– Ça, tu peux compter sur nous.

Clara et moi, nous nous étions écriés en chœur. Gwendolyn regarda vers l'entrée.

– Suivez-moi, murmura-t-elle, et faisons vite, l'aube se lève presque. Si les vampires reviennent et vous voient, il sera trop tard. Ils vous sauteront dessus et vous videront de tout votre sang. Vous ne verriez plus jamais la lumière du jour.

Elle nous conduisit à travers le grand couloir. Nous avancions en rasant le mur, et nous arrêtions de temps à autre pour regarder derrière nous.

Le comte Nightwing n'était pas en vue. Il ne devait pas être bien loin pourtant, toujours occupé à chercher sa bouteille de souffle de vampire. Celle que je tenais justement dans la main.

– Par ici, dit Gwendolyn à voix très basse.

Nous franchîmes une autre porte, qui menait à un escalier étroit. Nous nous mîmes à descendre avec précaution. Les lampes accrochées au mur diffusaient une faible lumière sur les marches. Au bout d'un moment, nous nous trouvâmes dans un tunnel qui zigzaguait. Gwendolyn ouvrait la voie, avançant rapidement.

Le souterrain était si étroit qu'il nous fallait la suivre en file indienne. Il tournait d'un côté puis de l'autre, descendant de plus en plus bas dans les entrailles du château.

– Il y a une sortie là où tu nous emmènes ? demanda Clara.

Sa voix résonnait contre les murs.

– Oui. Faites-moi confiance. Il y a un passage secret dans le cellier du château.

Nos pas martelaient le sol. Nous étions sur le chemin de la liberté !

Je m'approchai de Clara.

– C'est génial, lui murmurai-je à l'oreille, on va enfin être en sécurité, et avec la bouteille en plus !

– On n'est pas encore dehors ! dit-elle en posant un doigt sur ses lèvres.

À présent, le tunnel s'était élargi. Nous étions dans une sorte de cave. Gwendolyn continuait d'avancer, levant sa torche pour nous éclairer le chemin.

– Suivez-moi, vite !

Nous nous enfonçâmes encore plus profondément dans la pénombre. Une odeur aigre d'humidité remplissait le caveau. On entendait couler de l'eau dans le lointain.

Clara et moi restions serrés l'un contre l'autre pour bénéficier de la lumière du flambeau. Je me cramponnais toujours à la bouteille de souffle de vampire.

Soudain, Gwendolyn s'arrêta si brusquement que nous faillîmes lui rentrer dedans.

Elle se retourna lentement ; un sourire apparut sur ses lèvres.

– Nous y sommes ? demanda Clara. Où est la porte ?

– Oui, nous sommes arrivés, répondit Gwendolyn dans un léger murmure. Nous sommes ici… tout seuls !

– Quoi ? Que veux-tu dire ? m'écriai-je. Je ne comprends pas !

– C'est pourtant simple ! Je vous ai enfin tous les deux à ma merci.

Son sourire s'épanouit. Ses yeux étaient à moitié fermés.

– Nous ne risquons pas d'être dérangés par le comte Nightwing, ni par les autres, poursuivit-elle. Vous êtes à moi !

– Mais…, mais où est la sortie ? demandai-je

sans tenir compte de ce qu'elle venait de dire. Gwendolyn ne disait plus rien.

– Mais pourquoi nous sommes-nous arrêtés ici ? cria Clara.

– J'ai tellement sssssoif ! tellement ssssoif, siffla-t-elle entre ses dents.

Lorsqu'elle abaissa sa torche, j'aperçus ses longues canines pointues.

– Soif, soif !

Elle m'attrapa par les épaules et je sentis ses dents sur ma gorge !

22

Je me mis à hurler et la repoussai de toutes mes forces.

– Non ! laisse-moi tranquille !

Ses yeux scintillaient. Sa salive coulait le long de ses canines luisantes.

– J'ai soif, tellement soif !

– Va-t'en, laisse-moi ! répétai-je.

– Tu veux t'échapper d'ici ? demanda-t-elle, moqueuse. Tu sais bien que la seule façon pour y parvenir, c'est de te laisser faire !

Elle rejeta sa tête en arrière, ouvrit grand la bouche, puis fondit sur moi.

Horrifié, je fis un pas de côté pour l'éviter. Ses longs cheveux me balayèrent le visage. Je reculai, trébuchai, mais parvins à ne pas perdre mon équilibre.

Elle se préparait à une nouvelle attaque.

– Freddy ! Le souffle du vampire ! cria Clara. Il devrait nous faire revenir dans le présent !

C'est vrai ! J'avais oublié que je tenais la bouteille à la main.

– J'ai tellement soif, répétait Gwendolyn en léchant ses lèvres.

J'élevai la bouteille bleue qui scintilla sous le faisceau de la torche.

Gwendolyn recula, terrorisée.

Je saisis le bouchon et commençai à tirer dessus de toutes mes forces.

– Non, ne fais pas ça, supplia Gwendolyn. Repose cette bouteille, s'il te plaît, ne l'ouvre pas !

C'était déjà fait… Hélas !

23

Rien ne se passa. Nous contemplions tous les trois la bouteille bleue que je tenais toujours à la main.

– Souviens-toi, me rassura Clara, il faut attendre un moment pour que l'élixir sorte.

Gwendolyn restait sans voix, les yeux écarquillés, fixés sur la bouteille. Quelques secondes passèrent, puis une minute, puis deux… Mais il n'y avait toujours rien.

Gwendolyn rompit le silence.

– Elle est vide, dit-elle en éclatant de rire.

Et, désignant un coin, elle ajouta qu'il y avait là une pièce entière remplie du sol au plafond de bouteilles vides.

Je regardai par le goulot et m'aperçus que Gwendolyn avait raison.

Dépité, je la laissai tomber par terre. Le sourire

diabolique et avide réapparut sur le visage de la jeune fille. J'essayai de reculer, mais je butai sur une colonne en pierre.

J'étais piégé ! Ses canines luisaient dans la pâle lumière de la torche.

– J'ai soif, tellement soif ! Viens à mon secours, Freddy.

– Moi aussi, j'ai soif ! dit soudain une grosse voix dans mon dos.

Je fis volte-face et découvris à travers la flamme la tête furieuse du comte. Il vola vers nous, regardant fixement Gwendolyn, qui semblait terrorisée. Elle leva les bras devant elle comme pour se protéger.

– Gwendolyn, que fais-tu ici avec mes prisonniers ? demanda le comte Nightwing d'une voix courroucée.

Ne lui laissant pas le temps de répondre, il s'approcha d'elle avec un chuintement terrifiant.

Les dents de Gwendolyn brillaient, humides. Elle rejeta ses cheveux blonds en arrière. À son tour, elle se mit à menacer le vieux comte.

« Ça y est, pensai-je, ils vont s'affronter ! »

Bien qu'horrifié, j'avais tout de même envie de savoir ce qui allait se passer.

Les deux vampires flottaient au-dessus du sol et sifflaient comme deux serpents prêts à mordre.

– Viens, Freddy, filons. C'est notre seule chance !

Clara me tira vivement par le bras. Elle avait raison, il fallait s'en aller pendant que les deux créatures luttaient.

Le cœur battant, je saisis la torche que Gwendolyn avait laissée tomber par terre.

Nous courûmes à travers la sombre cave à la recherche de la sortie.

Enfin, j'aperçus une porte ouverte. Je jetai un coup d'œil derrière moi : le comte volait au-dessus de Gwendolyn, qui semblait affaiblie.

Je regrettais de ne pouvoir regarder la fin du combat. Il fallait faire vite ! Clara se trouvait déjà dans la pièce suivante.

– Et maintenant, où sommes-nous ? demandai-je en élevant le flambeau pour mieux voir.

– Oh ! s'exclama mon amie, ce n'est pas croyable !

Nous nous trouvions dans la pièce où étaient entreposées toutes les bouteilles de souffle de vampire. Les murs en étaient recouverts. Des tas et des tas de bouteilles, toutes bleues.

– Il doit y en avoir plus d'un millier ! dis-je.

Les bouteilles brillaient comme des saphirs dans la lumière de la torche.

Clara secoua la tête avec vigueur, comme pour effacer la scène qui s'offrait à ses yeux.

– Comme ça, vous vous obstinez à essayer de vous échapper ? demanda soudain une voix enrouée derrière nous.

C'était celle du comte. Il s'approchait de nous.

– C'est totalement inutile de parler de ça, continua-t-il, je vous l'ai déjà dit.

Il rejeta sa tête chauve en arrière et me saisit par le col de ma chemise.

Il ressemblait à un insecte dans un cocon pourpre. Mais, malgré cette apparente fragilité, je sentais sa prise se raffermir sur moi. Il me poussait, me soulevait, me ramenait à lui, encore et encore. Soudain, il me relâcha brutalement. Je tombai lourdement sur le sol. Ses yeux lançaient des éclairs. Un faible sourire éclaira son visage…

– Oui, je m'en souviens, maintenant ! siffla-t-il.

Nous reculâmes jusqu'au mur le plus éloigné. J'avais les jambes comme du coton et tremblais de la tête aux pieds. Je tentais tant bien que mal de retrouver mon souffle.

– Oui, siffla-t-il de nouveau, je m'en souviens, maintenant !

Que voulait-il dire ?

24

Clara et moi observions en silence le vieux vampire. Il se tourna vers les casiers remplis de bouteilles bleues.

– Oui ! Oui ! C'est bien ici que j'ai caché ma dernière fiole de souffle ! dit-il. Je l'ai volontairement dissimulée parmi les flacons vides. Je savais que personne ne viendrait la chercher ici ! Il souriait, et l'on pouvait apercevoir entre ses lèvres ses gencives molles et lisses. Mais bientôt son sourire s'estompa et ses yeux d'argent se plissèrent. Il se pencha et commença à trier frénétiquement les bouteilles de ses mains décharnées. Tout en marmonnant, il entassait sans ménagement les vides dans un coin. La plupart se fracassaient en tombant sur le sol.

– Clara, vite, il faut qu'on retrouve la bouteille avant lui !

Nous nous mîmes à genoux et commençâmes à chercher nous aussi. Nous les examinions les unes après les autres, les yeux fixés sur les goulots. Vide… vide… vide ! Elles étaient toutes désespérément vides ! Soudain, je mis la main dessus : celle que je tenais était plus lourde que les autres et elle était encore fermée. Oui, c'était bien elle !

– Hourra ! je l'ai trouvée ! criai-je en me relevant. Regarde, Clara, je l'ai trouvée !

Je levai la bouteille pour la lui montrer.

– Merci bien ! grogna le comte en me l'arrachant des mains.

25

Impatient et fou de joie, il entreprit aussitôt de l'ouvrir.

– Nooon ! hurlai-je.

Sans plus réfléchir, je lui sautai dessus par surprise, lui donnant au passage un vigoureux coup d'épaule dans la poitrine. Il était léger comme une plume, comme s'il n'avait pas d'os. Étonné, il poussa un cri étouffé. La bouteille de souffle lui échappa des mains. Je tendis le bras et l'attrapai au vol. Le comte se remit rapidement d'aplomb. Il me fixa de ses yeux argentés, et une fois encore je me sentis envoûté par son étrange regard.

– Freddy, tu vas me donner cette bouteille immédiatement, m'ordonna-t-il d'une voix douce et calme.

Je ne bougeai pas ; j'étais comme paralysé.

– Immédiatement, répéta le vieux vampire en flottant dans ma direction.

Il ne fallait en aucun cas que je la lui donne ! Je savais que nous étions fichus si jamais le comte la récupérait.

– On joue au handball ? proposa soudain Clara. J'avais l'impression qu'elle était loin de moi et je ne comprenais pas très bien le sens de ses paroles. Elle répéta :

– On joue au hand ?

Cette fois-ci, je compris. Je serrai les dents et, luttant contre le pouvoir mystérieux du vampire, je lançai l'objet précieux à mon amie.

Le comte voulut attraper la bouteille au vol. Ses doigts l'effleurèrent, mais je l'avais envoyée très haut par-dessus son épaule. Clara faillit la manquer. Elle parvint par chance à la bloquer.

– C'est la prise de la journée, dit-elle avec un large sourire.

Le comte poussa un grognement de rage et se retourna vivement vers Clara.

– Donne-moi ça, dit-il en plongeant sur elle.

Mon amie prit aussitôt son élan et m'envoya la bouteille : un tir au ras du sol qui passa entre les genoux du vampire. Le flacon atterrit sur mes baskets. Furieux, le comte fit demi-tour.

– Je veux cette bouteille ! hurla-t-il.

Sans tenir compte de son ordre, je la lançai de nouveau par-dessus sa tête. Clara l'intercepta d'une seule main.

Quand nous gardions le petit Thomas Brown, nous jouions souvent à ce jeu. Et le gamin ne parvenait jamais à attraper la balle. On le taquinait ainsi pendant des heures sans qu'il réussisse à la récupérer.

Cette fois, c'était différent. Je savais que le comte allait perdre patience et qu'il finirait par gagner.

Que pouvait-on inventer pour se sortir de cette situation ?

Le vampire plongea sur Clara, sa cape déployée, les mains tendues. Elle jeta le flacon dans ma direction. J'essayai de l'attraper, mais il alla s'écraser contre une rangée de bouteilles qui s'entrechoquèrent et se cassèrent dans un bruit infernal. Par miracle, la bouteille de souffle resta intacte.

Le comte vola vers le mur et se mit à fouiller frénétiquement parmi les débris de verre. Mais je fus plus rapide. Je m'emparai de la bouteille et la relançai à Clara.

– Ah, non ! Cette fois, c'est assez ! gronda le vieil homme.

À ces mots il prit son élan et s'éleva dans les airs. Quelques secondes plus tard, il revint se poser lentement sur le plancher, arborant un immense sourire. Il s'était emparé du souffle du vampire !

– J'ai gagné, dit-il tranquillement. C'est rudement utile de savoir voler !

Son sourire s'agrandit et il commença à retirer le bouchon.

– Non, le suppliai-je, ne faites pas ça !

26

L'âcre brouillard se répandit dans la pièce.

– Nous sommes fichus ! gémis-je.

J'essayais de ne pas respirer. J'avais l'impression que cette substance infecte pénétrait dans mon organisme par tous les pores de ma peau. De l'autre côté de la cave, Clara se pinçait le nez en serrant les lèvres. Elle remuait les bras pour disperser ce nuage nauséabond.

Comme les fois précédentes, j'étouffais. Les yeux me brûlaient et je sentais des larmes couler sur mes joues. Quand je rouvris les yeux, Clara avait disparu, enveloppée par l'épaisseur de la nuée. La cape pourpre du comte Night-wing semblait noire, puis le vampire disparut à son tour. J'étais seul, tout seul dans cette vapeur épaisse qui tourbillonnait autour de moi.

Je tombai à genoux, me cachant le visage avec

les mains. Je m'efforçais de ne pas respirer, mais je sentais un goût immonde envahir ma bouche. Je restai là, agenouillé, pendant longtemps. Combien de temps exactement ? Je ne saurais le dire. Mais lorsque finalement je pus rouvrir les yeux, le brouillard s'était estompé. Il flottait à présent au ras du sol. Je vis de nouveau la cape rouge du comte. Clara était de l'autre côté de la pièce, elle se protégeait la tête avec un bras.

C'est alors que je me rendis compte qu'il y avait un billard dans la pièce. Je clignai plusieurs fois des yeux. Une table de billard ?

Clara se précipita vers moi, les yeux brillants d'excitation.

– Ça y est, Freddy, on est revenus, cria-t-elle joyeusement, on est revenus dans ta cave !

– Ouais, génial !

J'étais tellement content que j'embrassai Clara, le billard, le mur.

– On est revenus, ça y est ! répéta-t-elle en sautant de joie elle aussi. Le souffle du vampire nous a ramenés chez toi, Freddy !

– Nooon !

Je me retournai et vis le comte qui penchait sa tête en arrière. Il serrait ses poings de rage.

– Nooon ! Ça n'est pas possible ! cria-t-il d'une voix rauque en avançant vers nous.

– Je ne veux pas être ici, déclara-t-il. Il faut que je revienne en arrière pour retrouver mes canines. Sans elles, je ne survivrai pas, je vais mourir. Et vous le savez !

Il s'éleva au-dessus de nous, nous regardant férocement. Ses lèvres se mirent à trembler. Il déploya sa cape comme s'il voulait nous envelopper dedans.

– Il faut que je rentre au château. Où est la bouteille de souffle ?

Je jetai un coup d'œil dans la pièce, il n'y avait pas la moindre trace de bouteille.

– Elle n'est pas revenue avec nous, dit Clara.

Le vieux vampire gémit de douleur. Puis il s'abattit sur nous. Nous reculâmes, nous collant à la table de billard. Très vite, le vampire nous recouvrit de sa cape pourpre. Nous ne pouvions plus bouger. Soudain, son immense manteau s'ouvrit. Il recula, visiblement surpris.

Je suivis son regard et vis papa et maman qui accouraient.

– Papa, Maman, reculez ! Il y a un vampire ici, un vrai vampire !

27

Visiblement choqué, le comte regardait mes parents sans pouvoir prononcer un seul mot. Puis son regard s'arrêta sur ma mère.

– Cynthia, parvint-il à crier, mais que fais-tu ici ?

Maman lui sourit :

– Papa, dit-elle, tu as enfin fini par te réveiller ! Clara et moi étions au bord de la crise cardiaque. Maman se rua sur le vieux vampire. Elle lui passa les bras autour du cou et l'embrassa avec tendresse.

– Oh, Papa ! dit-elle. Tu as dormi ici pendant au moins cent ans ! On ne savait pas s'il fallait te réveiller ou te laisser dormir encore.

Mon père se précipita sur lui avec un grand sourire et posa sa main sur son épaule.

– Tu as fait la connaissance de notre fils ? C'est Freddy, ton petit-fils.

« Petit-fils ? Moi ? Je suis le petit-fils du vampire ? du comte Nightwing ? »

Le comte me regarda en secouant la tête. Il était aussi confus que moi.

– Cynthia, Cynthia, j'ai perdu mes dents ! Maman le prit tendrement dans ses bras.

– Mais non, elles ne sont pas perdues, elles sont dans la salle de bains des invités, dans un verre. À l'endroit où tu les avais laissées la dernière fois que tu es venu nous voir.

– Par ici, dit papa, en lui montrant le chemin. Quelques secondes plus tard, le comte Nightwing revenait radieux, ajustant son dentier sur ses gencives.

– Ça va mieux, dit-il. Maintenant, partons d'ici ; ça fait bien cent ans que je n'ai rien bu.

Mes parents se tournèrent alors vers Clara et moi.

– On revient très vite, dit papa, faites-vous un sandwich en attendant.

J'étais incapable de surmonter le choc.

– Mais… si vous êtes des vampires, alors… moi aussi, j'en suis un ? demandai-je d'une voix chevrotante.

– Bien sûr, mon chéri, répondit maman, mais tu

es beaucoup trop jeune pour avoir des canines de vampire. Il te faudra attendre encore quelques années !

J'aurais voulu leur poser encore des tas de questions, mais ils se mirent à battre des bras tous les trois, de haut en bas. En quelques secondes, ils se transformèrent en chauves-souris et s'envolèrent par le soupirail de la cave.

Je restai là longtemps, les yeux rivés sur la petite fenêtre, essayant de me calmer, de ralentir les battements désordonnés de mon cœur. Lorsque j'eus retrouvé mes esprits, je me tournai vers Clara. Manifestement, elle était aussi choquée que moi.

– Eh bien, ça alors, dit-elle ! C'est incroyable !

– Je n'arrive pas à y croire, moi non plus !

Elle me fit un sourire en biais :

– Je te trouvais bizarre, mais pas à ce point-là !
Je lui aurais bien répondu quelque chose, mais je ne pouvais ni rire, ni pleurer, ni même crier. J'étais paralysé.

Je me détournai et essayai de compter jusqu'à vingt pour reprendre mes esprits. Ce n'est pas si agréable que ça de découvrir qu'on est un vampire ! Mes parents auraient pu m'annoncer plus tôt cette incroyable nouvelle.

Je décidai d'aller dans la salle de bains des invités. Celle où on avait soigneusement conservé les dents de mon grand-père.

Clara me suivit. La porte de l'armoire à pharmacie était restée entrouverte. Je vis tout de suite que les étagères étaient remplies de pots et de flacons de toutes sortes, mais aussi de médicaments étranges et de tubes. Une fiole verte se détachait de l'ensemble.

– Et ça, c'est quoi ? dis-je en voulant la sortir de l'armoire.

Clara l'attrapa la première.

– Rends-moi ça, lui criai-je, rends-moi ça ! Elle me repoussa.

Elle retourna la bouteille et lut l'étiquette : SALIVE DE LOUP-GAROU.

– Clara, criai-je, remets cette bouteille à sa place ! S'il te plaît ! Surtout, surtout ne l'ouvre pas. Nooon !

Je me précipitai sur elle et tentai de la lui arracher. Mais je ratai mon coup. Seul le bouchon me resta dans la main…

FIN

EXTRAIT

Et pour avoir encore la

Chair de poule®

lis

ces quelques pages de

La bête de la cave

EXTRAIT

– Il suffit que je fasse un pas pour que ma mère crie au danger, déclarai-je.

J'étais avec mon copain Jérémy Goodman, en route vers le terrain de sport de notre collège.

– Sans blague ? ricana-t-il, incrédule.

Je confirmai d'un hochement de tête et pressai le pas pour traverser la rue.

– Hier soir, par exemple, il fallait que je dessine une carte pour notre devoir de géo. Je commence à tailler mes crayons de couleurs. Ma mère entre dans ma chambre et s'écrie : « Ne fais pas ça, tu vas t'éborgner ! »

Cette fois, Jérémy éclata de rire.

– Et qu'est-ce qu'elle veut que tu utilises ? Des pastels, comme à la maternelle ? plaisanta-t-il.

Moi, je ne trouvais pas ça drôle. À douze ans, ma mère me considère encore comme un bébé. Elle me met en garde contre tout : « Ne grimpe pas aux arbres, tu vas te casser le cou ! Ne remplis pas trop la baignoire, tu vas te noyer ! Ne mange pas si vite, tu vas t'étouffer ! »

Chacun de mes gestes est source de danger. Bientôt, elle me dira : « Ne respire pas si fort, tes poumons vont éclater ! »

Ça m'énerve ! Elle imagine toujours le pire :

« Tiens-toi droit, ou tu seras bossu ! Ne louche pas comme ça, tes yeux vont rester bloqués ! Ne mets pas les doigts dans ton nez, tu vas les coincer ! »

Elle est aussi championne du monde de la chasse aux microbes. Si on l'écoutait, tout serait contagieux. « N'embrasse pas le chien : attention aux microbes ! Ne mords pas dans le sandwich de Jérémy : attention aux microbes ! Ne mets pas tes mains dans tes poches : attention aux microbes ! »

Elle est sans cesse sur le qui-vive, prête à bondir pour me prévenir contre une menace quelconque. J'en ai marre à la longue.

Elle n'aime pas que j'aille jouer au baseball avec mes copains. Elle est persuadée que je vais me casser une jambe. Et encore, si j'ai de la chance. Elle me voit déjà plâtré de la tête aux pieds. Pourtant, il faut vraiment le vouloir pour se briser les os ! Mais ma mère pense que ça arrive tout le temps.

EXTRAIT

Voilà pourquoi aujourd'hui j'avais fui discrètement la maison pour aller jouer au base-ball avec Jérémy et mes copains de classe.

C'était une belle journée ensoleillée. Les espaces verts bordant la rue scintillaient dans la lumière. La brise tiède nous apportait des parfums d'herbe fraîchement coupée.

Je suivais Jérémy en courant, ravi de pouvoir m'amuser un peu. Nous avions fini les cours plus tôt que d'habitude, à cause d'une réunion des professeurs. J'étais rentré en vitesse pour déposer mon sac à dos à la maison.

Elle était vide. Il n'y avait que Tyler, mon chien, à moitié cocker, à moitié on ne sait trop quoi. Il avait bondi joyeusement pour me lécher le visage dès qu'il m'avait aperçu. Ma mère n'aime pas qu'il fasse ça. Vous savez pourquoi : à cause de sa hantise des microbes. Seulement, maman n'était pas là, elle devait être partie faire des courses.

J'en profitai pour enfiler un vieux jean et un T-shirt. Puis je m'emparai de mon gant de base-ball et fonçai rejoindre Jérémy avant que ma mère ne rentre.

– Qu'est-ce qu'elle va faire si elle te surprend ? demanda Jérémy.

– Oh, j'aurai droit à un sermon, fis-je en haussant les épaules. Elle ne me punit jamais.

– Moi, mes parents ne me grondent pas.

EXTRAIT

– Évidemment, toi, tu es parfait, ironisai-je.

Jérémy répliqua en m'envoyant une bourrade dans l'épaule.

En fait, je ne plaisantais pas. Jérémy est un garçon parfait. Il accumule les meilleures notes en classe, il est doué en gym, il s'occupe de sa petite sœur et il n'a jamais d'ennuis. En plus, il n'est jamais malade : les microbes le fuient. Un garçon parfait, quoi…

Nous passâmes devant l'arrêt de bus, et la façade de notre école apparut devant nous. C'est un long bâtiment d'un étage peint en jaune vif. Personne n'aime cette couleur. D'ailleurs, ma mère dit souvent qu'elle en parlera au conseil des parents d'élèves.

Nous traversâmes le parking. Un petit groupe se trouvait déjà sur le terrain de sport. Je repérai Gwendoline Evans et Léo Murphy. Les jumeaux Franklin se disputaient, comme d'habitude. Ils sont bizarres, ces deux-là ! Il ne faut surtout pas les mettre dans la même équipe, sinon c'est l'émeute.

– On peut commencer ! lança Jérémy. Tout le monde est là !

Il courut sur le terrain. Léo et quelques autres nous saluèrent au passage.

Gwendoline discutait avec Lauren Blank tout en manipulant deux battes.

EXTRAIT

Gwendoline veut toujours prouver qu'elle est aussi forte qu'un garçon. C'est vrai qu'elle est grande et costaud — elle a même une bonne tête de plus que moi. Avec ses épaules de déménageur, elle passe son temps à chercher la bagarre et à jouer les dures à cuire. Jérémy et moi, on ne l'aime pas trop, mais on veut bien l'avoir dans notre équipe, car elle envoie la balle à des kilomètres. Et quand il y a des disputes, c'est elle qu'on entend le plus.

– Allons-y ! pressa Jérémy.

Léo était en train de désigner Gwendoline et Lauren pour jouer avec lui. Il m'appela aussi. J'allai les rejoindre en courant. Gwendoline avait déposé une batte à terre. Elle tenait l'autre au-dessus de son épaule et me tournait le dos.

Comme j'arrivais à sa hauteur, elle la fit tournoyer violemment. Je vis la batte fendre l'air. Je ne parvins pas à l'esquiver : elle heurta ma tempe avec un bruit sec.

Au début, je ne sentis rien. Puis le décor se mit à tournoyer. La douleur explosa alors dans mon crâne. Un voile rouge vif masqua ma vue. Je fermai les yeux… et m'entendis crier. Je n'aurais jamais cru pouvoir hurler aussi fort.

À cet instant, le sol se déroba sous mes pieds et m'engloutit.

EXTRAIT

J'ouvris les yeux sur une lumière bleue. Bleue comme le ciel. Ma vision se brouilla un instant, puis le visage de ma mère apparut au-dessus de moi. Je battis des paupières.

J'étais à la maison.

Le regard de ma mère était noyé de larmes. Ses cheveux noirs étaient tirés en queue-de-cheval. Seules quelques mèches libres pendaient devant ses yeux.

– Marc ? demanda-t-elle d'une voix tremblante.

Je poussai un gémissement. Ma tête me faisait atrocement souffrir. En fait, mon corps tout entier était douloureux.

« Ça y est, j'ai réussi, pensai-je. Tous mes os sont cassés. »

– Marc ? appela ma mère. Tu m'entends ?

EXTRAIT

– Hein ? répondis-je en gémissant de nouveau.

Quelque chose était assis sur ma tête et y pesait lourdement. Tyler ?

Qu'est-ce que notre chien faisait sur ma tête ?

Je levai péniblement mon bras et touchai mon crâne. Je sentis un bandage épais. Je rabaissai ma main, et la pièce se mit à tournoyer. J'agrippai la couverture comme si ma vie en dépendait.

Je fixai la lumière bleue du plafond jusqu'à ce que ma vision redevienne normale. Je réalisai à cet instant que j'étais étendu sur le canapé en cuir du salon. Le regard de ma mère m'enveloppa de la tête aux pieds. Elle semblait paniquée, sa mâchoire tremblait légèrement.

– Marc ? Tu es réveillé ? Réponds-moi. Comment te sens-tu ?

– Bien, répondis-je dans un râle.

Ma gorge était douloureuse et je grimaçai. Ma mère se pencha sur moi et demanda d'une voix anxieuse :

– Peux-tu me voir, chéri ? C'est moi, Maman.

– Je te vois, murmurai-je.

Elle essuya ses yeux avec un mouchoir et me contempla de nouveau.

– J'y vois très clair, la rassurai-je.

– Tant mieux, répondit-elle en posant la main sur mon torse.

– Allez, Maman, la pressai-je. Qu'est-ce que le docteur a dit ? C'est grave ?

– Ce n'est pas très grave, lâcha-t-elle.

À la manière dont elle avait dit cela, je compris que c'était faux. Sa voix avait une intonation trop enjouée. Ma mère disparut de mon champ de vision.

– Dis-moi la vérité ! insistai-je. Je vais m'en sortir, n'est-ce pas ?

Pas de réponse. J'essayai de tourner la tête, mais une violente douleur paralysa ma nuque.

Ma mère avait quitté le salon : bientôt, j'entendis des bruits de vaisselle dans la cuisine. Je tentai de l'appeler, en vain. Dépité, je reposai doucement la tête sur le coussin et fermai les yeux.

J'avais dû m'assoupir, car la sonnerie du téléphone me fit sursauter. Je clignai des yeux, ébloui par la lumière. Le téléphone sonnait toujours. J'attendais que ma mère décroche, mais elle n'arrivait pas.

Était-elle sortie et m'avait-elle laissé seul ? Ce n'était pas son genre. Où était-elle donc ?

Je roulai sur le côté en gémissant et tendis le bras pour attraper le combiné. Je le portai à mon oreille et poussai un cri de douleur lorsqu'il toucha mon bandage.

– Allô ? soupirai-je.

À l'autre bout du fil, le souffle rauque d'une respiration se fit entendre, puis une voix que je ne connaissais pas demanda :

– J'espère que tu vas bien, Marc ?

– Qui… qui est à l'appareil ? bredouillai-je avec peine.

Je fermai un instant les yeux et m'efforçai d'oublier la douleur lancinante dans mes tempes.

– J'espère que ça va. Je ne voudrais surtout pas qu'il t'arrive malheur, reprit la voix.

C'était un garçon.

– Ah bon ? Merci…, répondis-je, un peu surpris.

Le téléphone semblait peser une tonne, et la moitié de mon crâne était engourdie.

– Qui est à l'appareil ? demandai-je encore.

EXTRAIT

– Je ne voudrais pas qu'il t'arrive malheur, répéta le garçon. Car maintenant tu vas t'occuper de moi.

– Comment ça, m'occuper de toi ? demandai-je. Je ne comprends pas.

Il y eut un long silence. Je n'entendis qu'un souffle régulier à l'autre bout du fil.

– Qui est là ? insistai-je.

– C'est moi, répondit la voix. C'est moi, Keith.

– Keith ?

– Lui-même.

– Je ne connais pas de Keith.

– Tu devrais pourtant, répondit le garçon d'une voix doucereuse. Tu devrais me connaître, Marc, parce que… je vis dans ta cave !

Chair de poule®

1. La malédiction de la momie
2. La nuit des pantins
3. Dangereuses photos
4. Prisonniers du miroir
5. Méfiez-vous des abeilles
6. La maison des morts
7. Baignade interdite
8. Le fantôme de la plage
10. La colo de la peur
14. Le pantin maléfique
16. Le fantôme d'à côté
18. La tour de la terreur
19. Leçon de piano
et pièges mortels
21. Terreur sous l'évier
22. La colère de la momie
24. L'horloge maudite
25. Le parc de l'horreur
26. La fille qui criait au monstre
28. La rue maudite
29. Le fantôme décapité
30. Alerte aux chiens
32. Les fantômes de la colo
36. Jeux de monstres
38. Des appels monstrueux
39. Le souffle du vampire.
45. Danger, chat méchant !
46. La bête de la cave
47. L'école hantée
49. Terrible internat
50. La peau du loup-garou
51. Le jumeau diabolique
52. Un film d'horreur
53. L'attaque des spectres
54. La fête infernale
55. L'invasion
des extraterrestres, I
56. L'invasion
des extraterrestres, II
57. Le manoir de la terreur
58. Cauchemars en série
59. Ne réveillez pas la momie !
60. Un loup-garou
dans la maison
61. La bague maléfique
62. Retour au parc de l'Horreur
63. Concentré de cerveau
64. Sous l'œil de l'écorcheur
66. Mort de peur
67. La voiture hantée
68. La fièvre de la pleine lune
69. Kidnappés dans l'espace !
70. L'attaque aux œufs de Mars
71. Frissons en eau trouble
72. Les vacances de l'angoisse
73. La nuit des disparitions
74. Le fantôme du miroir

Composé par Nord Compo Multimédia
7, *rue de Fives,* 59650 *Villeneuve -d'Ascq*

Imprimé en Espagne par Novoprint